長編小説

蜜楽ハーレムハウス

霧原一輝

竹書房文庫

目次

※この作品は竹書房文庫のために
書き下ろされたものです。

第一章　逃げてきた人妻

1

羽鳥啓太郎《はとりけいたろう》は自分の持ち家を人に貸す、今風に言えば『シェアハウス』をはじめることにした。

これには理由がある。

啓太郎は五十八歳の男ヤモメで、長年連れ添った女房を三年前に、癌《がん》で亡くしていた。長年勤めた会計事務所も昨年辞めて、今は個人で会計士の仕事をしている。

ひとり息子も随分前に巣立っており、今や東京郊外の建坪六十坪の広い家にひとり住まいだ。

会計士の顧客にはこちらから足を運ぶことにしていたし、日頃から近所づきあいをしなかったせいもあってか、家を訪ねてくるのは、インターネットで購入した食料を届ける配達員か、某宗教団体の勧誘員くらいのものだ。

一日中、人に会わないときも多い。

したがって、啓太郎は寂しかった。寂しさに押しつぶされそうだった。

孤独感を紛らわせるために時々、家のなかでカラオケをする。テレビに繋《つな》いだカラオケ画面を見ながら歌っているときはいいが、ひとりカラオケを終えたときの寂寥《せきりょう》感は半端ではない。

ウサギは一匹で飼うと、寂しくて死んでしまう——というのは、どうやらウソらしいが、啓太郎にとっては真実に近かった。

そんなある日、テレビでシェアハウスの特集をやっていた。

その家を何人かで共同で借りて、使用するもので、各々の部屋は個別にあるのだが、キッチンなどの共有部分はみんなで使うものらしい。

特集でその実態がわかるにつれて、「これだ！」とピンと来るものがあった。

羽鳥家は今は亡くなっている父が建てたものだが、惜しげもなく木材を使い、宮大工もする棟梁《とうりょう》が造った律儀なくらいにきちんとした家だ。

啓太郎が丹念にメンテナンスを行なってきたお蔭で、いまだ、人に貸すには充分な美観と堅固さを保っている。

それに、啓太郎は今、二階へあがるのが面倒なので、一階しか使っていない。したがって、二階がまるまる五部屋空いていた。

キッチンとダイニングはやたら広いし、バスルームも一度造り替えたので、清潔感を保っている。

（二階の部屋を貸そう……）

アパートのように独立しているわけではないが、啓太郎が若い頃は、普通に家族が住んでいるその空いている二階などを間借りという形で貸すシステムがけっこうあった。

（これだ。共有部分も使わせて、我が家をシェアハウスにしてしまえばいい！）

家主が入居者と一緒に住んでいるシェアハウスも多いらしいのだ。

それに、啓太郎は家事が苦手で、特に料理はほとんどしたことがなく、家での食事には大いに困っていた。その多くがレトルト食品か冷凍食品で、ひどいときには、カップ麺《めん》で済ますこともあった。

（キッチンも使わせて、俺の食事もついでに作ってもらえればいい。食事を作ってくれる入居者には、家賃を極端に安くするってことにしたらどうだろう？）

ひとり暮らしの寂しさも消えるし、食事だって賄《まかな》える。

一石二鳥である。

いや、掃除をしてもらって、その分、家賃を安くしたら、一石三鳥も可能だ。

(むさ苦しい男どもと顔を合わせるのはいやだから、女性限定にしたほうがいいな)

などと次々と具体的なアイデアが浮かんでくる。

食事や掃除をさせるなど、入居者の寂しい懐《ふところ》につけこんでいるようだが、家賃を極端に安くすれば、これは入居者にも有り難いわけだから、『ウインウイン』の関係でもある。

(よし、イケるぞ!)

啓太郎は昔から、周囲の人間には温厚な性格だと言われているが、これと決めたことはやる。もっともその決断が裏目に出ることも多い。

長年勤めていた会計事務所を辞めたのだって、今考えると、あのままつづけていればば、と思わなくはない。しかし、しょうがない。決断にはマイナスは必ずつきまとう。それを悔やんでも意味がない。

早速、近くの不動産屋に行って、自分の家を物件のひとつに加えてもらった。

その際、お洒落《しゃれ》な名前をつけたほうがいいと言われて、つけたのが、

『ファミリーハウス羽鳥』――。

お洒落かどうかは微妙なネーミングだが、この名前にしたのは、啓太郎自身が家庭の温かさに飢えていたからだ。家族がいなくなってわかったのだが、家庭というのはとても大切なものだ。

そして、入居者は女性限定で、家賃は基本的に二万円としてあるが、これには『応相談』と記してある。

しばらくして、入居希望者がぼちぼちやってきた。だがどうも、この人なら日常的に顔を合わせて問題なくやっていけそうだ、という入居希望者がいない。

啓太郎はお金に困っているわけではないので、誰でもいいというわけではない。

入居者を厳選する大家というのもどうかとは思うが、顔を合わせることも多いから、これはお互いのためでもある。

そんなとき、不動産屋がひとりの入居希望者を連れてやってきた。

その女を一目見て、これは、とピンと来るものがあった。

女は三十代前半だろうか、すらりとした体型で、ゆったりとした高価そうなファーコートを着ていた。

目鼻立ちもしっかりしており、きちんとした化粧をすれば、すごい美人だろう。しかし、柔らかくウエーブした黒髪も乱れがちで、スッピンである。その顔もどこか憔《しょう》悴《すい》して見える。

彼女を紹介する前に、小柄でメガネをかけた不動産屋が啓太郎に近づいてきて、耳打ちした。

「一応、連れてきましたが、この人、問題があるんですよ。名前だけは教えてくれたんですが……」

と、調査票を渡してくる。そこには、『谷口優子《たにぐちゆうこ》　35歳』とだけ記してある。

不動産屋が眉をひそめた。

「住所も連絡先も教えたがらなくて……きっと何か訳ありですね。こっちは責任持てませんが、どうします？」

「……こっちはかまいませんよ。悪い人には見えないですしね」

「そうですか……じゃあ、後はお任せしますので。もし、決まったら連絡ください」

やる気の感じられない不動産屋が、女を残して去っていった。

「どうぞ、入ってください」

啓太郎が声をかけると、

「よろしいんですか？」

谷口優子が遠慮がちに言う。

「ええ、大丈夫ですよ。何か事情がおありになるんでしょう？　どうぞ」

招き入れる。啓太郎はこの訳あり女性が気に入っていた。

昔から、困っている女に惹《ひ》かれた。おそらく、放っておけなくなるのだ。

「失礼します」

と、優子は持ってきたキャリー付きの大きなバッグを玄関の三和土《たたき》に置いて、あがってきた。リビングに通し、ソファに座ってもらう。

コートを脱いだ優子は、ゆったりとしたタートルネックのセーターを着て、フレアスカートを穿いていた。

ニット越しにでも豊かな胸のふくらみがうかがえる。乱れた黒髪がセーターの肩や胸のふくらみに枝垂《しだ》れ落ちて、一言で言えば、艶《なまめ》かしい。

大きなアーモンド形の奥二重の目が、不安げに沈んでいるが、厭味《いやみ》にならないほどに鼻筋が通った美人である。唇も下の唇は厚いが、口角がすっと切れあがって品の良さがうかがえる。

三十五歳らしいから、どこかいいところの奥様なのだろうか？　この美形だから、夜の商売でもやっているのだろうか？　いや、水商売っぽさはいっさい感じられないいし、この落ち着いた雰囲気は、やはり訳ありの人妻か？

　啓太郎はあらたまって、面談に入る。

「谷口優子さんで、よろしいんですか？」

「はい……間違いありません」

　優子がまっすぐに啓太郎を見た。おそらく、名前は本当だろう。

「住所とか連絡先が書いてありませんが、何か事情があるんですか？　あるんだったら、教えてください」

「すみません……それは、今、ちょっと言えないんです。すみません……」

「そうですか……なぜうちに？」

「恥ずかしい話ですが、泊まるところがないんです。お金もあまりありませんし、ホテルは事情があってダメなんです。あてもなく歩いているときに、不動産屋さんの張り紙が目に飛び込んできまして……。ほんとうに、一カ月二万円でよろしいんですか？」

「はい……礼金敷金も要《い》りません。それに……読まなかったですか？　応相談と書いてあったでしょ？」

「はい、見ました」

「谷口さんは食事は作れますか？」

「はい、もちろん。これまでずっとしてきましたから、得意なほうだと思います」

優子が大きな瞳を輝かせた。相当料理の腕に自信ありと見た。

「うちはシェアハウスで、キッチンも解放しています。それで、もしもですよ……私の食事をついでに作ってもらえるなら、そのときは……そうですね。家賃は五千円にします」

言ってしまって、安すぎるのではないかとも思ったが、食事を作ってもらえるのなら安いものだ。

「……五千円、でいいんですか？」

優子が小首を傾《かし》げた。首すじはほっそりしているが、肩へとつづくラインが優美である。

「ええ……何しろ、ひとり住まいで料理もしないから、食事に困っていましてね。あ、それと、食事の材料費はいっさい私が出しますが……」

優子を気に入ったからだろう。とにかく契約してほしいから、頭になかったことまで、次々に口に出してしまう。

「それで、よろしいんですか？」

優子がおずおずと訊《き》いてくる。

「もちろん。どうですか？　それでよければ、そういう契約にしますが」

「契約します。でも、連絡先や住民票などは……」

「わかっていますよ。大丈夫です。ただ……」

「ただ？」

優子が不安そうに小首を傾げた。

「ここも、はじめたばかりで、まだ他に入居者はいません。つまり、谷口さんと私と二人になるんですが……」

「かまいません。わたしは大丈夫です」

「よかった。泊まるところがないんでしょ？　今日からで全然かまいませんよ」

「よろしいんですか？」

啓太郎は鷹揚《おうよう》にうなずく。

「ありがとうございます。なんてお礼を言ったらいいのか……」

優子が声を詰まらせたのには驚いた。やはり、相当深刻な事情を抱えているのだろう。

「では、早速ですが、部屋に案内しますよ」

「契約はしなくて、よろしいんですか？」

「ああ、あとで契約書を作っておきますよ。案内するから、バッグを持っていらっしゃい」

優子が玄関までバッグを取りにいって、戻ってきた。相当大きいから、多くの着替えや必需品が入っているのだろう。

（ということは……覚悟をして出てきたってことだな）

階段をあがり、空いている二階の部屋のいちばん広い角部屋に案内すると、

「広いし、きれいだわ……ここに、一カ月五千円でよろしいんです？」

「ええ。もともとお金目当てじゃないんですよ。ひとりで住んでいると、寂しくてね。それで、まあ……ぶっちゃけた話、食事を作ってもらえるだけで、こっちは助かるんです」

啓太郎はにっこり笑いかける。

「そういうことなら……」

優子はバッグを置いて、啓太郎を見た。

「キッチンを見せていただけませんか？」

「ああ、いいですよ」

「食材はありますか？」

「一応、冷蔵庫に入っていますが……」

「夕食、作りますよ……わたしもお腹が空いていますから」

「ああ、それはありがたい。どうぞ、家を案内しますよ」

啓太郎は先に部屋を出る。

(これはもしかして、最高の入居者が現れたかもしれんぞ)

後ろをついてくる優子の気配を感じながら、啓太郎は欣喜雀躍《きんきじゃくやく》したい気持ちをぐっとこらえた。

2

それから、谷口優子との二人の生活がはじまった。

優子は、朝、昼、晩ときっちり三食作ってくれるのだが、これが美味《おい》しいのだ。

そして、住みはじめて三日後には、『ついでですから、よろしければ、洗濯もしますよ』と、啓太郎の着ていた服や下着までも洗濯してくれるようになった。

もともときれい好きなのか、バスルームやトイレも掃除をしてくれる。キッチンなどはステンレスが磨き抜かれて、ピカピカだ。

「そこまでしなくて、いいよ」

そう声をかけたのだが、

「何かしていないと気が紛れないんですよ。ですから、気になさらないでください」

と、優子は平然として家事に勤《いそ》しむ。

どういう事情を抱えているのか知らないが、優子はあまり外出したがらなかった。外に出るのは、料理の材料や自分の服を買うときくらいで、どこかで働くという気もないようだった。

その夜も、優子はキッチンで鍋ものの用意をしていた。

羽鳥家はオープンキッチンだから、リビングにいてもカウンター越しに優子の姿を見ることができる。

優子は亡妻が使っていた水色の胸当てエプロンをつけて、髪を後ろでアップにまとめ、黙々と鍋の用意をしている。

（こうしていると、二人はまるで夫婦のようじゃないか……）

啓太郎はうっとりとして、美しい入居者に見とれる。

あれから、入居希望者が数人来たが、断っている。

優子ともう少し二人だけの時間を持ちたかったからだ。断わった人には申し訳ないとは思うのだが。

「できましたよ」

優子の明るい声がする。

大きめのダイニングテーブルには、ガスコンロに寄せ鍋が載っている。

「おおぅ、美味《うま》そうだ」

啓太郎がテーブルにつくと、その正面にいる優子が、冷酒をコップに注いでくる。

「優子さんも……」

啓太郎は酒を勧め、優子がそれを受ける。

口当たりのいい冷酒を呑みながら、できあがった寄せ鍋を突つく。優子が取り皿によそってくれるので、気分がいい。

亡妻も最初は食事を取り分けてくれたものだが、後年は『ご自分でどうぞ。そのほうが好きなものが取れるでしょ』と冷たかった。そのせいか、よけいに優子の温かさを感じてしまう。

コップ酒を呑む優子は、温かい鍋を前にしているということもあり、色白の肌がほんのりと上気して、艶めかしい。

今日はフィットタイプの白いニットを着ているので、桜色に染まった肌がいっそう映える。

たわわな胸がVネックの襟元《えり》からこぼれでそうで、その胸元が赤く染まっている様子がまたエロチックである。

（ああ、あのオッパイをモミモミしたい。顔を埋めたら、どんな気分なのだろう？やはり、柔らかいのだろうな）

ずっと鳴りを潜めていた啓太郎の性欲が、優子が来てから頭を擡《もた》げはじめていた。その証拠に、最近は朝勃《あさだ》ちまでするようになった。

深夜に一階の寝室で横になっているときも、この上で優子さんが寝ているのだな、と思うと、居ても立ってもいられなくなる。

だが、せっかく二人はいい感じなのだから、ここで手を出して、「最初からそのつもりだったのね」と蔑《さげす》まれるのが怖くて、手が出ない。

いや、そもそも大家と入居者なのだから、手を触れてもいけない関係なのだ。

だがこの夜、優子はいつもとは違って見えた。

これまでは、お酒は食事の際に啓太郎につきあって多少嗜《たしな》む程度で、酒量を加減しているようだった。だが、今夜はむしろ、酔いたがっているようにも見える。

つらい境遇であるならば、酔いたいときだってあるだろう。それにそろそろ、啓太郎に心を開いてくれようとしているのかもしれない。

すでに鍋はガスコンロを切ってある。啓太郎はその冷めた鍋越しに、冷酒を彼女のコップに注いだ。

優子がわずかに色づいた日本酒を呑んだ。コップの底に手を置いて、ぐっと傾ける。その際、あらわになった喉元がわずかに動くさまを、ひどく悩ましく感じてしまう。

そして、邪《よこしま》な思いを抱くほどに、素性が知りたくなってしまう。

大分酔いもまわっているようだから、今が絶好の機会だろう。啓太郎は間接的に攻めてみる。

「優子さんは、出身はどこなの？」

最近は、彼女のことを姓ではなく名前で呼ぶようになっていた。

「……気になりますか？」

優子がじっと見つめてくる。目が据わりかけているし、目尻も赤くなっている。相当、酔っていると見た。

「気になるね」

「……秋田県です」

「へえ、秋田ね。角館《かくのだて》や田沢湖には行ったことがあるけど……そうか、寒いところで育ったんだね」

「はい……でも、わたしが生まれたのは秋田市内でしたから、降雪は同じ秋田でも少ないんですよ」

「秋田で育ったにしては、秋田弁が出ないね」

「会社に勤めているときに、直されました。でも、よく聞くと、微妙にイントネーションがおかしいんですよ」

そう言って、優子が微笑んだ。これだけ言うのだから、秋田出身というのは事実なのだろう。啓太郎はここぞとばかりに畳みかける。

「会社はこっちだったの？」

「いえ、秋田市内です。一応、商社の支社だったので、方言は直されました。ですから、秋田を出たことなかったんですよ」

「へえ、そうなの……」

「大家さん、わたしをもっと知りたいですか？」

いきなり調子を変えて、優子がまっすぐに啓太郎を見据えてきた。

「ああ……知りたいね、もちろんんだ」

「そうですか……そろそろ知ってもらう時期かもしれませんね。でも、その前に……」

優子がふいに席を立った。そして、啓太郎の後ろに立って、まさかのことを言った。

「大家さんの部屋に連れていってください」

「えっ……？　でも、布団は敷きっぱなしだし……」

「いいんです」

優子が、啓太郎の肩に手を置いた。普段着に着ているジャージ越しに女のしなやかな手を感じて、ぞくっとした。

(もしかして……いや、まさか……。しかし、部屋に連れていってくれと言うのだから……)

啓太郎の思いは千々に乱れる。

それは、まだ女を知らなかった童貞時代のドギマギ感に似ていた。もっとも、もう何年も女を抱いていないのだから、セカンド童貞みたいなものだ。

席を立ったときに、足元がふらついた。

そんなに酔っているはずはないのだが、やはり、気持ちが動揺しているからだろう。

覚束ない足取りで、優子に抱えられるように廊下を歩き、寝室にしている和室へと入っていく。

　一々上げ下げするのが面倒なので、布団はマットの上に敷きっぱなしにしてある。

　啓太郎が明かりを点けると、

「できれば、暗くしてください」

　優子が恥ずかしそうに言う。

　啓太郎はリモコンで天井灯の明度を絞る。一瞬明るくなった部屋が途端にスーッと闇に沈みかける。その寸前で、止める。

「ちょっと暗いかな。これを点ければ、いいだろう」

　啓太郎は枕明かりのランプを点ける。黄色い和紙を通過した光が、延べられた一組の布団をぼんやりと照らしだす。

「……このくらいでいいかな？」

　うなずいて、優子は立ったまま後ろで結われている髪を解いた。かるくウエーブした黒髪が枝垂れ落ちて、肩や胸にかかる。

　それから、優子は白いニットに手をかける。裾《すそ》からめくりあげていくと、肌色のスリップに包まれた上半身が現れ、いったんあがった黒髪が落ちて、スリップの胸にかかった。

二月上旬だが、部屋はヒーターが点けっぱなしだから、暖かい。

ぼんやりした明かりのなかで、優子はスカートをおろし、さらに、肌色のスリップのなかに手を入れて、パンティストッキングとシルクベージュのパンティをおろして、片足ずつあげながら、足先から抜き取っていく。

啓太郎は呆然として、その姿を眺めている。緊張と昂奮《こうふん》で、体が金縛《かなしば》りにあったように少しも動けない。

スリップ一枚になった優子は両手で胸を抱え、それから、掛け布団をめくって、布団に身体をすべり込ませた。

啓太郎に背中を向けたまま、じっとしている。

「……いいのか？」

「はい」

と、優子は背中を向けたまま答える。

こくっと静かに生唾《なまつば》を呑んで、啓太郎は着ていたジャージに手をかける。

下着姿ですぐ隣に体をすべり込ませ、優子のほうを向いて横になる。

「いいのかい？」

啓太郎はもう一度訊く。もう何年も女を抱いていない。そのせいか、これが現実だとは思えない。何度も訊いて、確かめたくなってしまう。

と、優子が後ろ手に啓太郎の手を取って、胸へと導いた。

（あっ……！）

啓太郎は心のなかで声をあげる。

シルクタッチのすべすべのスリップを持ちあげた胸のふくらみには、ブラジャーの感触がなかった。柔らかく沈み込むものが、布地の向こうで息づいている。

「いいんですよ、もっと触って」

優子が言って、啓太郎に手を動かすようにせかしてくる。

またまた唾を呑み込んで、啓太郎は手のひらで胸のふくらみを包もうとする。大きすぎて、全体は包み込めない。

手のひらに余る乳房を揉む。自分でももどかしいほどに、おずおずとしか指を動かせない。

揉むうちに、手のひらがすべすべの生地になじみ、たわわな乳房が揺れながら形を変えるのが、手に取るようにわかった。

（オッパイに触るのは、いつ以来だろう？）

あまりにも昔すぎて思い出せないほどだ。

ふくらみの中心のやや上で、しこっているものに指が触れた。かるく触れただけなのに、

「あっ……！」

優子がびくっと、腰を揺らした。

乳首が感じるらしい。啓太郎は本能的に、そこを指でつまんだ。なめらかなシルクタッチの生地とともに突起をゆるゆると触る。

「んっ……んっ……」

優子は、啓太郎の腕をつかんで、びくっ、びくっと震える。

とても敏感な身体をしている。なおも、生地の上からでも硬くなってきたとわかる乳首を右に左に転がすと、

「くっ……くっ……ぁあああああ、ぁあうぅ」

スリップに包まれた尻が、啓太郎の股間を押しながら、擦ってくる。

イチモツは瞬く間に力を漲《みなぎ》らせて、ブリーフを突きあげてきた。

啓太郎はまだ優子の素性を知らない。なぜ、秋田から上京してきたのか？　何から逃れてきたのか？　そもそも結婚しているのか、独《ひと》り身なのかもわからない。

もしかしたら、啓太郎が抱いてはいけない女なのかもしれない。

いや、むしろその可能性は高いような気がする。だがたとえそうでも、啓太郎は今、目の前にいる美女に欲情していた。

いや、これまでもずっと彼女に魅了されてきた。

キッチンに立って料理を作っている優子の垂れ落ちた左右の鬢《びん》、エプロン姿、トイレ掃除をするときの尻が目立つ後ろ姿――。

（いい香りがする……）

甘い柑橘《かんきつ》系の香りを吸い込みながら、乳首を指でいじった。

セカンド童貞と言っていいほどに長い間、女体に接していなかったのに、愛撫の仕方を体が覚えているのが不思議でならない。

「ぁああ、ぁあああ……」

と、優子は身体をくの字にして、尻を押しつけている。

啓太郎は右手をスリップの襟元から差し込んでいく。と、すぐのところに、剝《む》き身の乳房が息づいていた。たわわなふくらみはすでにじっとりと汗ばんでいて、その中心に勃っている突起をつまむと、

「んんっ……ぁああ、そこ、弱いんです」

優子がその手をつかんで、首を左右に振った。髪が揺れて、鼻先をくすぐってくる。

「感じてくれているんだね？　夢を見ているようだよ。こういうことするのは、すごくひさしぶりなんだ。長い間、女性に触れていない。だから……」

言い訳がましく言うと、優子がまさかのことを口にした。

「……わたしだって、同じですよ」

「えっ……？」

「もう、一年くらいしていません」

「……ほんとうか？」

優子がこくりとうなずいた。

それで、啓太郎は気持ちが楽になった。優子のほうもセックスレスだと知って、しばらく女体に接していないことで感じていた負い目のようなものが、軽くなった。

啓太郎は勇んで、乳房を揉みしだきながら、襟足に口を押しつけた。後ろ髪を鼻でかきわけるようにして、うなじにキスをする。

と、優子は「あっ、あっ」と声をあげ、それを恥じるように口許《くちもと》に手を押し当てる。

啓太郎にはその打てば響く反応がうれしい。手応えのようなものを感じる。自分に自信が持てる。

尻がくねくねとうごめいて、股間を刺激してくる。

たまらなくなって、啓太郎は掛け布団を剝《は》ぎ、スリップの上から尻を撫でた。柔らかなシルクタッチの生地が尻の丸みの上をすべり動き、

「ああああ、いやっ……」

優子がいやいやをするように首を振った。だが、腰は逃げるどころか、ますます後ろに突き出されてくる。

啓太郎はスリップの裾をたくしあげる。と、肌色のスリップがめくれて、尻があらわになった。

大きくて、丸々とした立派な尻である。

こうして見ると、優子は上半身は細いが、下半身が発達している。啓太郎の数少ない体験から察するに、こういう体型をした女はセックスが強い。

（ということは、優子さんも……）

そう感じた途端に、強い情欲がうねりあがってきた。

尻たぶの底に後ろから手を添えると、女の谷間はすでに濡れていて、ぬるっとしたものが指にまとわりつき、

「んっ……！」

優子は顔をのけぞらせて、洩《も》れそうになる声を手の甲で押し殺す。

（そうか……この人は清潔感があって、性格もやさしい。女として申し分がない。しかし、とても感じやすい。下半身は女そのものだ）

かつての同僚が、しみじみと吐いた言葉を思い出した。

『女は二つの顔を持っているんだよ。臍《へそ》から上と、臍から下の。俺は臍から下の人格こそ女の真実だと思うね』

その言葉を信じるなら、この下半身の反応が優子の真実なのだろうか？

濡れた溝を後ろからなぞると、ぬるっ、ぬるっとすべって、

「ああ、あああ、もう……」

優子は抑えきれない声を洩らしながら、もっとばかりに尻を押しつけてくる。

3

啓太郎は上になって、仰向《あおむ》けになった優子の胸のふくらみに顔を埋めていた。

肌色のスリップに乳房の丸みが浮かびあがり、先端が二つ、薄い布地を押しあげていて、それがひどくいやらしい。

肩紐《ひも》がひとつ外れて、二の腕にさがっている。V字に切れ込んだ刺しゅう付きの襟

元から、丸々としたふくらみが顔をのぞかせている。

優子は寒いからスリップをつけているのだろうが、啓太郎は昔からスリップが好きだった。啓太郎のスリップへの愛着など優子が知るはずもないから、きっと偶然だろう。たぶん、二人の相性がいいのだ。

柔らかな生地ごと乳房を揉みしだき、二つの突起を舌でかわいがる。舐《な》め、吸い、しゃぶるうちに、唾液を吸い込んだスリップが密着して、乳首の形や濃い色がくっきりと透けてできた。

濡れた突起をさらに舌で上下左右に撥《は》ねると、優子は感極まったような声を洩らし、身体をよじり、身悶えし、そして、スリップが張りついて窪《くぼ》んでいる下腹部を腰ともにもどかしそうに揺らし、ぐぐ、ぐぐっとせりあげる。

「あああ、ぁあああ……大家さん、大家さん……」

優子が眉をハの字にして、譫言《うわごと》のように口走った。

「どうした？」

「恥ずかしいわ、こんなになって……」

ちらっと啓太郎を見て、目を伏せる。

「いいんだよ。いいんだ……今はもう、優子さんを女房のように思ってる。もちろん、そんなふうに思ってはいけないことはわかっているんだが……」

「いいんですよ」

「えっ……？」

「かまいませんよ。わたしを奥様だと思って」

「……いいのか？」

「はい。わたしはそんな気持ちでいました」

「そうか……ありがとう」

欣喜雀躍して、啓太郎はもう一方の肩紐を外し、スリップを押しさげる。もろ肌脱ぎになったスリップから、真っ白でたわわな乳房がこぼれでた。

Eカップくらいだろうか、全体が形よく盛りあがっていて、乳肌は青い血管が透けでるほどに薄く張りつめている。

啓太郎はおずおずとふくらみをつかむ。

搗《つ》きたてのモチみたいに柔らかな肉の塊《かたまり》が、指にまったりとまとわりついてくる。

五百円硬貨大の乳暈《にゅううん》から、ほどよい大きさの乳首がせりだしていた。全体にセピア色にピンクを足したような色で、妖《あや》しいほどの光沢を放っている。

啓太郎はたまらなくなって、突起を頬張った。吸って、吐き出し、舌で上下左右に撥ねる。

「ぁああん、ダメっ……おかしくなってしまう。おかしくなってしまう……ぁああ、ぁあんん、いやあん……」

優子は右手の甲を口に押し当てながら、下半身をブリッジでもするように持ちあげる。

啓太郎は顔をおろしていき、足の間にしゃがみ、両膝をすくいあげた。

「あっ……！」

優子が足をハの字にして、股間を隠した。

その膝を持ってぐいと開くと、漆黒の濃い翳《かげ》りが台形に下腹部を覆い、その下に女の裂け目がわずかに口をのぞかせていた。

(ああ、これが優子さんの……！)

肉厚だが左右対象のいかにも具合の良さそうなメスの器官がとば口をほつれさせて、その狭間《はざま》には鮭紅色の粘膜がぬらぬらと光りながら、うごめいている。

顔を寄せて、ツーッと舐めあげると、濡れた肉襞《にくひだ》を舌がすべっていき、

「ああん……！」

優子が大きくのけぞった。

啓太郎は夢中でぬめりを舐めた。すると、優子は「ぁああ、ぁあああ」と声を長く伸ばし、足の親指を内、外に折り曲げる。

クンニリングスなどいつ以来だろう。自信はないが、優子が感じてくれているから自信が湧いてきた。

肉びらが充血しながらめくれあがって、内部の複雑な肉襞が顔をのぞかせる。全体が粘膜に覆われて、その下方の膣口《ちつこう》にはやや濁った蜜が溜まって、ぬらぬらしている。

啓太郎は膝裏を押して、腰の位置をあげさせ、溜まっているものを啜《すす》った。じゅるじゅるっと啜って、舐める。

H字形の孔《あな》に舌先を丸めて、かるく抜き差しすると、

「あっ……あんっ……ぁあああ、大家さん、そこ……」

優子が嬌声《きょうせい》をあげながら、下腹部をもっととでも言うようにせりあげてくる。

(なんてエッチな身体なんだ！)

普段は淑《しと》やかで、セックスの気配など微塵も見せない女性が、いざとなると、欲望をあらわに乱れる。

湧出する蜜を必死に舌ですくいとっているうちに、優子はもう何が何だかわからないといった様子で、身悶えをし、両手でシーツを鷲《わし》づかみにする。

啓太郎が狭間を舐めあげていって、上方の突起をピンと撥ねると、

「くっ……！」

優子が激しくのけぞった。

翳りが流れ込む笹舟《ささぶね》形の唇の上方で、包皮を突き破らんばかりに肉の真珠が顔をのぞかせている。

そこに対して舌を横揺れさせて攻めると、クリトリスがそれとわかるほどに肥大して、本体がぬっと現れる。そして、優子はシーツを握りしめながら、

「ああ、ぁあああ……許して、許してください……そこ、おかしくなるぅ」

と、さしせまった声をあげる。

どうやら、オサネも乳首につぐ性感帯らしい。とにかく、突き出している部分が弱いのだろう。ひさしくセックスレスだったとは言え、性の年輪を重ねてきた啓太郎には、そのくらいのことはわかる。

包皮を引っ張りあげると、くるっと剝けて、本体が完全にあらわになった。

おかめの顔をした肉真珠をちろちろと舌であやし、周囲を少し圧迫してやる。クリトリスは表面に出ているところは小さいが、じつはその奥に根が這っていて、そこもとても感じるらしい。

舌を横揺れさせ、縦に舐める。それをつづけていくうちに、台形の翳りを張りつかせた下腹部が、ぐぐっ、ぐぐっとせりあがってきた。

「ぁああ、ぁああ……大家さん……わたし、もう……」

優子がか細い声で訴えてくる。

「どうした？」

「ぁああ……ください。大家さんのそれを……」

優子がちらりと啓太郎の下腹部を見た。それは陰毛の林を突いて、自分でもびっくりするほどにいきりたっていた。

「その前に、これを……その、入れやすいように、な、舐めてくれないか？」

啓太郎は思い切って言う。

と、優子が身体を起こし、啓太郎を仰臥《ぎようが》させる。

そして、足の間にしゃがみ込んで、そそりたっているものを握った。

しなやかで長い指で茎胴を握りしめて、きゅっ、きゅっとしごいて、

「すごいわ……大家さん、お幾《いく》つですか？」

垂れさがった髪の間から、啓太郎を見あげる。

「……五十八だよ」

「もう還暦近いのに、こんなに元気……」

優子が亀頭部にちゅっとキスをしたので、分身が躍った。

「今、びくって……」

優子が唇を亀頭部に接したまま、微笑む。

「相手があなただからだよ。優子さんが来てから、朝勃ちするようになった。前はしなかったのに……」

「お世辞でも、うれしいです」

「お世辞じゃないよ。事実だから」

「だったら、なおさらうれしい……」

優子はにっこりして、亀頭部にキスをする。ちゅっ、ちゅっと何度も唇を押しつけ、それから、尿道口を舐めてきた。

割れ目に沿って舌を走らせながら、根元をつかんで握りしごいている。

慣れていると感じた。

三十五なのだから、このくらいできて当たり前なのだろうが、手つきや表情に男に尽くしてきた女の慣れのようなものを感じる。

（いったい誰に？）

おそらく、秋田在住の男だろうが、どんな男なのだろうか。

だが、優子に裏筋をツーッと舐めあげられ、亀頭冠の真裏の包皮小帯をちろちろされると、そんなことはどうでもよくなった。

優子の過去など関係ない。今、自分は彼女から情熱的な愛撫を受けている。それで充分ではないか。

やがて、優子は肉棹《にくざお》に唇をかぶせ、ゆったりと顔を上げ下げする。そうしながら、睾丸《こうがん》袋をもう一方の手であやしてくれている。

(ああ、気持ちいい……天国だ)

うっとりと、心地よさに酔いしれた。

目を細める。狭くなった視界に、持ちあがった女の腰が見える。猫のようにしなった腰に肌色のスリップがまとわりついている。

下を向いた剝き出しの乳房とその先の尖った乳首――。

そして、優子は唇をOの字にひろげて、肉棹にからませながら、顔を打ち振り、時々、啓太郎を見あげてくる。

目が合うと、恥ずかしそうに目を伏せる。

垂れ落ちて邪魔になった黒髪をかきあげ、片方に寄せて、また情熱的に唇をすべらせる。

「ああ、優子さん……出そうだ。出てしまう……その前に、入れたい」

快感をこらえて言う。

優子がこちらを向いて微笑み、上体を起こした。

腰にまとわりついていたスリップを脱いで、またがってくる。

4

優子は下を向いて、唾液でぬめ光る分身をつかんで、股ぐらに擦りつける。

切っ先が濡れ溝でぬるっ、ぬるとすべって、それだけで、啓太郎は気持ち良くなってしまう。

それにしても、この淫らな美しさはどうだ……！

力士が蹲踞《そんきょ》をするような格好で足を開き、腰を前後に揺すっている。かるく波打つ黒髪が顔をなかば隠し、たわわな乳房もわずかに揺れ、そして、大きく開かれた太腿《ふともも》の合わさるところには、漆黒の陰毛が黒光りしている。

優子がいきりたつものを押し当てて、静かに沈み込んできた。

イチモツが窮屈なとば口を押し広げていく確かな感触があって、

「くっ……！」

優子が奥歯を食いしばる。つらいのか、それとも気持ちいいのか、眉根を寄せてそこからは一気に腰を落とし込み、

「ぁあああ……！」

のけぞりながら、片手を後ろに突いた。

「おおぅ、くうぅ……！」

と、啓太郎も歯を食いしばらなければいけなかった。

すっぽりと根元まで呑み込まれた肉棹が、膣襞の波打つような締めつけにあって、うれしい悲鳴をあげている。

なかは熱いと感じるほどに滾《たぎ》っていた。

(ああ、こんなに気持ちいいものだったか……)

忘れていたものを思い出した。

いや、そもそも過去にこんな気持ちいい膣を体験したことはないのではなかろうか？

じっとして、もたらされる感触を味わっていると、焦《じ》れたように優子が腰を振りは

じめた。

両手を後ろに突いて、上体を反らすようにして、下腹部をぐいっと突き出しては、引く。

「おおぅ……ちょっと待った！」

啓太郎は思わず、その腰をつかんで動きを制していた。

「ひさしぶりだから、ちょっと……もう少し、手加減してくれないか？」

啓太郎は弱音を吐く。

「……このくらい？」

優子がさっきよりゆるく腰を前後に振る。

「ああ、このくらいでちょうどいい」

啓太郎を慈《いつく》しむような目で見て、優子はまた腰をつかいだす。

さっきより、スローテンポである。だが、その分、振幅は大きい。

したがって、啓太郎のイチモツは大きく前後に揺さぶられ、亀頭部が膣の奥のほうのふくらみに当たっている。そのぐりぐりした感触が、こたえられない。

「大丈夫ですか？」

「ああ、大丈夫だ」

答えると、優子は安心したように目を瞑《つむ》って、顔をのけぞらせる。首から上を後ろにやりながら、その柔軟な身体をしならせて腰から下を打ち振る。

(何という色っぽさだ！)

とにかく身体が柔らかいのだろう。首、胸、腹、腰、尻が順番に鞭《むち》のようにしなって、ゆるやかな曲線を描く。

そして、潤みきった粘膜も同じように波打って、イチモツを締めつけてくる。

「ぁああ、ぁあああ、気持ちいい……気持ちいいの……」

優子が喘ぎあえぎ言う。

「俺もだ。俺も気持ちいい」

「ぁああ、うれしい……突いてくる。大家さんのが奥に当たっているわ……あん、あんっ、ぁあああうぅぅ」

徐々に腰振りのピッチがあがってきた。

前を見ると、繊毛の翳りの底に、自分の分身が嵌《は》まり込んでいるのがはっきりと見える。腰を前後するたびに、とろとろの蜜にまみれた肉柱が顔をのぞかせたり、膣口にすっぽりと呑み込まれたりする。

枕明かりの和紙を通じて放たれた柔らかな光が、その色白できめ細かくむっちりとした裸身を照らし、その艶かしい光景に視線が釘付けになる。

そして、優子はのけぞりながらも、時々、「大丈夫ですか？」と心配でもするように啓太郎を見る。

しかし、腰をつかうたびに、その余裕のある表情が消えて、

「ぁああ、ぁああ……いいの、いいの……くっ、くっ……」

眉をハの字に折り曲げて、切羽詰まった顔をする。

こうなると、啓太郎としても自分のほうからも何かをしたくなる。ただ受け身だけでは満足できなくなる。身を任せていれば楽をできるのに——。

啓太郎は腹筋運動の要領で上体を起こした。

対面座位の格好で、目の前の乳房に貪りつく。ちゅうちゅう吸って、いっそう硬くなった乳首を舌で転がすと、

「あああ、それ……ぁあああぅぅ」

優子は最後にはぎゅっとしがみついてくる。

啓太郎はぶわわんとした乳房に窒息しそうになりながらも、乳首を吸い、舐める。

と、優子は抱きつきながら自ら腰を振って、

「ああ、ああ……いいの。止まらない。腰が止まらない……」

耳元で呟《つぶや》きながら、腰をしならせる。

いきりたったものがモミクチャにされる快感をぐっとこらえて、啓太郎はなおも乳房にしゃぶりつき、尖った乳首を舌であやす。

そうしながら、右手を優子の腰に添えて、動きの補助をしている。

と、優子が唇を寄せてきた。顔を傾けながら、唇を押しつけてくる。

とてもソフトでぷるるんとしている。

（ああ、女の唇ってこんなに柔らかくて、気持ちいいものだったか……）

とは思うものの、昔からキスは下手くそで、どうやっていいのかわからない。ただただ唇を預けていると、優子の舌がすべり込んできた。

啓太郎の口蓋《こうがい》をなめらかでぬるっとしたものが、なぞってくる。その肉片が啓太郎の舌にからみついてきた。

舌を弾《はじ》き、あやし、根元から頬張ってくる。かるく吸われて、啓太郎は「うっ」と呻《うめ》く。

する、優子は吐き出して、艶然《えんぜん》と微笑んだ。

それから、口を半開きにして誘うように舌をうごめかすので、啓太郎も舌をおずおずと突き出す。

二人の中間地点で舌と舌がからみあった。

それから、優子は口と口を交錯させるように頬張って、吸いながら、腰を揺らめかせる。

（くっ……！　気持ち良すぎる……）

甘やかな吐息がかかる。唾液が混じり合う。

啓太郎はこのとき、大袈裟ではなく生まれて初めて、キスの喜びを知った。

下腹部のものがいっそう力を漲らせ、自分から動きたくなった。今、屹立《きつりつ》を包み込んでいるものを、思い切り突きたくなった。

啓太郎は背中と腰に手を添えて、慎重に優子を後ろに倒していく。

啓太郎の開いた両足の間に、優子が仰向けになった。

膝を抜いて、正常位の形を取り、膝裏をつかんですくいあげた。自分は上体を立てたまま、ぐっと膝裏を押さえ込む。

「あっ……！」

オシメを替えられるときのポーズを取らされて、優子が顔をそむけた。

膝の裏をつかんで押しあげながら開かせているので、太腿もハの字にひろがって、漆黒の恥毛の底に肉柱が嵌まり込んでいるのがまともに見える。

その姿勢で、ゆったりと腰をつかった。

腰があがって、勃起した肉柱と膣の角度がぴたりと合っている。そこを打ちおろしながら、途中でしゃくりあげるようにする。

と、突き刺さった肉棹が膣の天井を擦りあげていき、すべるようにして奥に届き、

「ああ、これ……！」

優子がのけぞって、口許に手の甲を当てた。

おさまり具合がとてもいい。

啓太郎はこのまま、このまま、と言い聞かせながら、腰をつかう。膝裏をつかみ、ぐっ、ぐっと押し込んでいくと、あらわになった乳房が波打って、

「あっ……あっ……」

優子が右手の甲を口に当てながら、声をあげる。

右の腋《わき》の下がすっかりのぞいてしまっていて、その剃毛《ていもう》された腋窩《えきか》の窪みが啓太郎を昂《たかぶ》らせる。

もう少しで射精する、というところで、

「抱きしめてください」

今にも泣き出さんばかりに、優子が手を差し伸べてくる。

啓太郎は膝を離して、覆いかぶさっていく。

右手を肩口からまわし込んで、女体を引き寄せた。微熱を帯びたような肌がじっとりと汗ばんでいる。衝撃が逃げないようにして、強く腰を叩きつけると、

「あんっ、あんっ、ぁあん……ぁああ、来るわ、来る……」

優子がぎゅっと抱きついてくる。

「いいんだよ、イッて……俺も、俺も……いいの？　出していい？」

「はい……ください。このまま……ぁああ、そうよ、そう……あんっ、あんっ、ぁああん……」

たてつづけに、悩ましい喘ぎ声をスタッカートさせる。

もっと強く打ち据えたくなって、啓太郎は両手を立てた。腕立て伏せの格好で腰を振る。

(もう少しだ。もう少しで……)

ぐさっ、ぐさっと肉棹が突き刺さり、いかがわしい粘着音がして、

「ぁああ、イッちゃう。ほんとうにイッちゃう……いいんですか？　イッていいんですか？」

優子が眉をハの字に折って、啓太郎の腕を強く握った。

「いいんだよ、いいんだ……おおぅ、俺も、俺も……ぁあああああ」

吼《ほ》えながら、叩き込んだ。

「あん、あん、ああんっ……イキます。イク、イク、イッちゃう！　はうぅぅ！」

優子が腕にしがみつきながら、顔をのけぞらせた。

仄白《ほのじろ》い喉元がさらされている。その角度が悩ましい。

優子が足を大きく開いて、奥へと屹立を迎え入れた。

「おおぅ、優子さん、優子……！」

啓太郎は最後の力を振り絞って、叩きつける。

「イクぅ……やぁあああああぁぁぁぁ……くっ！」

部屋中に響きわたるような嬌声を噴きこぼして、優子がぐーんとのけぞった。膣が
ふくらみ、そして、痙攣《けいれん》しながら締めつけてくる。

(おっ、これは……！)

地殻変動を起こしたような膣に向かって、止《とど》めとばかりに打ち込んだとき、

「うぐ……くっ！」

溜まっていた男液がすごい勢いで噴出していくのがわかる。放つときの圧倒的な快
感がひろがって、啓太郎は唸りながら、さらに押し込んでいく。

「ぁあああ、また……くっ！」

腕をつかんでいられなくなったのか、優子は両手でシーツを鷲づかみにして、顎をせりあげた。

啓太郎はイキつづける優子を信じられない思いで眺めながら、精液を打ち尽くした。

精も根も尽きて、ぐったりと布団に横たわっていると、優子が胸板に顔を埋めてきた。そして、言った。

「わたしのこと、話しますね」

「……いいのか？」

急に頭も体もしゃんとなった。

「聞きたくないですか？」

「いや、聞きたいよ。猛烈に知りたいよ、決まってるじゃないか」

優子がぼつりと言った。

「……じつは、わたし、逃げてきたんです」

「ああ、やはり……そんな気がしていたよ」

「そうですか……やはり、そう感じていらっしゃいましたか」

「ああ、だいたいね。もちろん、誰から、あるいはどこから逃げてきたのかはわからなかったけど」

啓太郎が言うと、優子がためらいを振り切るように、

「夫から、逃げてきました。谷口というのは旧姓です」

そう言って、ぎゅっと唇を嚙《か》んだ。

「……やはり、結婚していたんだな」

「はい……すみません。じつは……」

優子の結婚相手は武井《たけい》重蔵《しげぞう》と言う五十五歳の男で、秋田市内で不動産業を営みながら、市会議員をしている。

かつての秋田藩の時代から続く名家で、広い敷地に大きな屋敷を持つ、地元の有力者だと言う。

その重蔵がひどい男で、優子以外にも数人の愛人を持ち、しかも、酔うと暴力を振るうのだと言う。それだけではない。

結婚して八年が経つが、二人にはどういう訳か子供ができず、跡取りができないことで、義母からは厭味を言われつづけた。

数年前から、「きっとセックスに異常があるに違いない。どういうセックスをして

いるのか、確かめてみます」と、義母が夫婦の閨《ねや》を覗くようになった。

もともと重蔵に抱かれるのはいやでしょうがなかったのに、覗かれていると思うと、とても閨をともにすることはできず、もう一年以上は夫とは身体を合わせていない。

他人には威張り散らしているくせに、母親にはまったく頭があがらない重蔵をますます嫌いになり、それがわかるのか、重蔵は酔うと優子に暴力を振るい、怯んだところを無理やり抱こうとする。

しかも、それを義母が止めようともせずに、むしろ、跡取りを作るためだからと見て見ぬふりをする。

家庭内離婚の状態なのに、市議の選挙では仮面夫婦を装《よそお》って、夫を応援し、支援者の前で頭をさげる。

この前の市議選では優子の尽力もあって、重蔵は当選した。だが、最初からもうこれを最後にしようと決めていた優子は、秋田の家から逃げだしてきたのだと言う。

「じゃあ、家の人は、あなたがいなくなって、びっくりしてるんじゃないか？　失踪届けとか出されてるんじゃあないか」

「いいえ、それは大丈夫です。家を出てすぐに電話で、わたしは無事だから追わないようにと連絡を入れてあります」

「でも、そういう事情だったら、きっとご主人はあなたを血眼《ちまなこ》になってさがしてるだろう？」

「……だから、ホテルとかには泊まれないんです。必要最小限のお金しか渡されていなかったし、カードも作らせてもらえませんでした」

「それで、お金がなくて、ここに……」

「はい……わたしにとって、この『ファミリーハウス』はとても大切なところなんです。ここが見つかったのも神様のお導きだと思います。そして、羽鳥さんに出逢えたのも……わたし、ここを追い出されたら、もう行く当てがありません。ですから……」

優子が胸板に顔を埋めて、嗚咽《おえつ》しだした。

この女が可哀相《かわいそう》で、胸がジーンと熱くなった。

いや、同情ではない。愛情だった。

「事情を話してくれて、ありがとう……大丈夫だ。優子さんを護《まも》るから。心配しなくていい。大丈夫だから」

すべすべの髪を撫でると、優子の嗚咽が徐々におさまっていった。

第二章　新入居者は十九歳

1

しばらく、二人だけの生活がつづいた。

事情を聞いて、優子をなるべく外出しないで済むようにした。ここにいる限りはまず、武井の関係者に見つかることはないからだ。

啓太郎は、優子の書いたメモを持って、あまり行ったことのないスーパーに買い物に出かけた。

これも、優子のためだ——そう思うと、まったく苦にならなかった。

そして、啓太郎が会計士の仕事をしているときは、優子は家の掃除をしたり、洗濯をしたりする。

（まるで、妻だな。夫婦のようじゃないか……）

だがどういうわけか、あれ以来、閨の床に誘っても、優子は応じようとしない。

啓太郎とのセックスが良くなかったというならわかるが、彼女は確実に感じていて、絶頂に昇りつめた。なのに、同衾《どうきん》を拒むのはやはり、どこかでまだ、田舎《いなか》のことを引きずっているからだろうか？　傲慢《ごうまん》な夫・武井重蔵のことを忘れられていないということだってあり得る。

（まあ、でも、俺をまだほんとうに愛していないんだろうな。この前は、今後のことも考えて、つまり、味方をしてもらいたいから抱かれたのだろう）

そう考えて、自分を納得させた。

しかし、日常的に優子と一緒にいることが多いからこそ、啓太郎はいっそう焦れてしまう。

エプロンをつけてキッチンに立っているその麗しくも家庭的な姿。廊下を拭き掃除するときのスカートをぱんぱんに張りつめさせた肉感的なヒップ。一階にある仕事部屋にコーヒーを運んできてくれるときの、有能な秘書のような態度――。

そのすべてが啓太郎を魅了し、夜になればひとり布団に横になって、ひたすら悶々とする日々がつづいた。

そんなとき、不動産屋の紹介で若い女がひとりで、『ファミリーハウス羽鳥』を訪れた。

こちらも不動産屋から聞いていたから、一応会うことにした。

啓太郎は、内心では何かの理由をつけて、入居を断るつもりだった。優子と二人きりの日々を送りたかったからだ。

玄関ドアを開けて入ってきた女は、啓太郎を見るなり、

「中野《なかの》樹里《じゅり》です。よろしくお願いしまーす」

と、語尾を微妙に伸ばし、にかっと笑った。

真っ白なぴかぴかの歯列があらわになって、その一見天真爛漫《てんしんらんまん》に見える笑顔を、不覚にも、かわいいじゃないか、と感じてしまった。

茶色に染めたボブヘアで、顔がとても小さい。手足は伸びやかで、この季節なのにカラーストッキングにショートパンツを穿いている。

マニキュアもメイクもばっちりだから、とても派手な感じがする。しかし、ただ派手というわけではなく、直感だが、この女もメイクの裏にほんとうの自分を隠しているような気がする。

女をリビングに迎え入れて、断るつもりだが、一応面談をはじめる。

女は中野樹里と言って、まだ十九歳。

関西出身だが、今は東京のエステティシャンの専門学校に通っているのだと言う。

エステティシャン志望と聞いて、彼女のこのファッションの理由がわかったような気がした。

樹里が家賃の件を持ち出した。

「あの……家賃二万のところに、相談に応じるって書いてあったんですけどぉ、もっと安くなる可能性があるってことですか？」

切り揃えられた前髪の下の、くりくりっとした大きな瞳が啓太郎に向けられる。

「そうですよ。つまり、料理とか掃除などの家のことをしてくれれば、その分、安くするつもりです」

「ええっ、すごい！　やるやる。絶対にします。で、どこまで安くなるんですか？」

「まあ、家事をどこまでしてくれるかだけど……ことによっては、五千円まで下げてもいい」

「ええ、すごい！　信じられない！　やります。料理でもお掃除でも何でもやります。だから、五千円にしてください」

樹里が身を乗り出してきた。

Tシャツにジャケットをはおっていたが、その白いTシャツの胸元は充分にふくらんでいる。それに、ショートパンツからはむっちりとして健康的な太腿が見えている。入居を断ろうという最初の気持ちが、少しずつ揺らいでいった。

履歴書を見て、訊いた。

「ここに、この前まで、専門学校の寮に入っていたって書いてあるんだけど。その寮では、何か不満だったの？」

すると、樹里の表情が急に沈み、うつむいた。それから顔をあげて、まさかのことを言った。

「……わたし、追い出されたんです」

「えっ……追い出されたって？　何をしたの？」

「言わなければ、いけませんか？」

「できればね……」

「言ったら、ここに置いてもらえますか？」

「……考えるよ」

「じつは、そこ女子寮で男子禁制だったんです。で、好きな男ができて、来たいって言うから、ついつい部屋に……そうしたら、いろいろあって長くなってしまって、それで見つかって……」

樹里が目を伏せた。おそらく、部屋でセックスをしたのだろう。

「フーッ……」

と、啓太郎は溜め息をつく。

（まだ十九歳なのに、男を寮に連れ込むとは……）

娘と言ってもおかしくないような年齢なだけに、怒りさえ覚えてしまう。

「ダメじゃないか。そんなことをしたら」

父親になったつもりで、思わず叱っていた。

「大家さん、まったくの赤の他人なのに、わたしのパパみたいだわ」

樹里がどこかうれしそうに言う。

「俺に娘がいたら、そう言ってる。ひとり息子しかいなくて、もう巣立ってしまっているけどね」

「へえ……あの、奥様は？」

樹里が大胆にも切り込んでくる。

「死んだよ、だいぶ前に。この大きな家にひとりだから、それで、部屋を貸そうと思いついたんだ。もともとお金目当てじゃないからね。にぎやかに、家族みたいな感じで過ごすことができればいいと思ってね」

気さくに接してくる樹里のせいなのか、啓太郎はついつい本音を洩らしてしまう。

「だったら、絶対にここに置いてください。わたし、この家、気に入りました」

樹里が身を乗り出してきた。

「何でもします。料理だって、掃除だって……今、ほんとお金ないんです。専門学校って、すごく授業料かかるんですよぉ。だから、お願いします。住むところないんです。置いてください」

樹里がソファから降り、床の絨毯《じゅうたん》に額を擦りつけた。

昔から啓太郎は相手についつい同情してしまい、その甘さがビジネスではマイナスに出ることが多かった。

しかし、人間持って生まれた性格は変わらないらしい。それに、この子は一途さが感じられる。一生懸命な女を見殺しにはできない。

「わかった。ただし、うちには男を連れ込まないでくれよ。いいね？」

「はい！　やった！」

樹里が心から喜んでいる姿を見て、啓太郎も心が弾《はず》んだ。

「今いる入居者は、谷口優子さんというんだけど、彼女の家事の手伝いをしてくれればいいよ」

「でも、それだけだと申し訳ないですから……大家さんにマッサージしてあげます。すごく肌が若返りますよ」

「わかった。それで手を打とう」

今はネットカフェで寝泊まりしていると聞いて、すぐに入居するように言うと、樹里は大喜びした。

2

翌朝、羽鳥家のダイニングテーブルを、啓太郎、優子、樹里の三人が囲んでいた。

テーブルには、優子の作った朝食が並んでいる。

豆腐にワカメの味噌汁をすすった樹里が、

「美味しい！」

と、瞳を輝かせる。

「優子さん、お料理が上手なんですね」

「そう？」

優子がにこっとする。

「はい……ほんと、美味しいですぅ。アジの開きなんかも、焼き方がちょうどいいし、このポテトサラダもすごくいい感じ。あとで、教えてください。わたしも自炊しなくちゃいけないし」

樹里が瞳を輝かせる。

「わかったわ。時間があるときは、一緒に作りましょう」

優子が微笑む。

二人の反りが合わなかったら、と心配だったが、どうやらそれは杞憂《きゆう》に終わりそうだ。

樹里は思ったより、年長者に合わせるのが上手い。年上には好かれるタイプなのだろう。

「樹里さんは、エステティシャンの専門学校に通っているんですって?」

優子が箸を止めて、樹里を見た。

「ええ……一応、認定スクールなんで、卒業すれば、けっこう大手のエステサロンから引きがあるんです。二年間通うんですけどぉ、年間で百二十万かかるし、わたしまだ一年目だから、大変なんです」

そう言う樹里は、フィットしたジーンズを穿いているので、その長くすらりとした足のラインが剝き出しになっている。上は相変わらずTシャツにジャケットをはおっていて、いかにも若く、ぴちぴちしている。

それに対して、優子は優雅なカーディガンをはおって、膝丈のボックススカートを穿いていて、落ち着いたなかにも大人の色気がただよう。

優子が三十五歳で、樹里が十九歳。

啓太郎はそんな二人に囲まれて朝食を摂っている自分を、幸せ者だと感じる。これも、シェアハウスをはじめたからだ。思い切ってやってよかった。

朝食を食べ終えた樹里が、

「美味しかったです。ごちそうさまでした」

手を合わせて、席を立つ。

いったん二階の自室に戻り、すぐに降りてくる。樹里の部屋は、優子とは反対側の角部屋にしてある。

「じゃあ、行ってきます！」

明るく言って、樹里が玄関を出ていく。

「樹里ちゃん、いい子ですね。よかったわ」

優子が、樹里の食器を片づけながら、微笑みかけてきた。

「みたいだね……。いや、男子禁制の寮に男を引き入れて、それで、追い出されたって聞いていたから、どうかと思ったんだけど……」

言うと、優子の表情がにわかに曇った。

「そうなんですか？」

「言ってなかったっけ？」

「はい。聞いていません」

「ゴメン、ゴメン。でも、いい子そうだから、問題ないだろ」

「だといいんですが……。そうですね、大丈夫ですよ、いい子ですもの」

優子が朝のテーブルに戻ってきた。

こうやって、朝食を摂るのは、もう何度目になるのか。

昼食も夕食も、優子はまったく手を抜かずに作ってくれる。その愛情のこもった料理を食べるたびに、優子への思いが深まっていく。

二人はほんとうの夫婦のようだ。だが、現実は違う。優子は秋田に夫がいて、いつその追手が来ないとも限らない。

不思議なもので、そういった危機感が逆に啓太郎の欲望をかきたててくる。

朝食を終えて、優子が食器を片づけ、キッチンで洗いはじめた。

カーディガンを脱ぎ、亡妻の使っていた水色の胸当てエプロンをつけて、食器を丁寧に洗っているその姿を眺めていると、我慢できなくなった。

啓太郎は立ちあがって、キッチンに向かい、近づいていく。

優子はシンクの前に立ち、泡立つスポンジで、きゅっ、きゅっと皿を洗っている。

長い黒髪を後ろでリボンで結び、エプロンの紐が腰の後ろで結ばれて、真下に垂れている。

ボックススカートが張りついて、豊かな尻の丸みがわかる。パンティストッキングに包まれた足には、ボアのスリッパを履いている。

啓太郎は後ろからそっと女体を抱きしめた。柔軟な身体が腕のなかでしなって、

「ダメですよ。わたしが何をしているか、わかるでしょ？」

優子が悪戯《いたずら》っ子を戒《いまし》めるように言う。

「わかってるさ。だけど、もう我慢できないんだ」

両手で胸のふくらみを揉むと、エプロン越しにたわわなふくらみが揺れて、

「あんっ……もう、聞き分けがないんだから」

優子は笑いながら言う。

部屋で初めて抱かせてもらって以来、それとなく優子にせまってはいなされてきた。

だが、今日は違うように感じる。

言葉とは裏腹に逃げようとはしない。

コンディショナーの甘い香りと、髪本来が持っている牧歌的な匂いが混ざり合って、鼻孔から忍び込み、それが啓太郎をたまらない気持ちにさせる。

手のひらにあまる胸のふくらみをエプロン越しに揉む。ついつい力がこもってしまい、気づいたら、ぐいぐいと揉みしだいていた。

「ぁあああん、ダメです……もう……ぁああ、ぁあああうぅぅ」

優子が低く喘ぎながら、背中を預けてきた。

啓太郎がさらに揉もうとすると、「待ってください」と優子が制して、水道の水を止め、手をタオルで拭いた。

その冷静さを、啓太郎は「頼りになる女だ」と、むしろ好ましく感じる。

「もう、いいか？」

啓太郎が確認すると、優子は笑いながら、「いいですよ」と答えた。

エプロンの胸当ての両側から、手をすべり込ませた。すぐのところに、ニットに包まれた乳房が息づいていて、そこをやんわりと包み込むと、

「ぁあああ……」

優子は顔をのけぞらせながら、啓太郎を後ろ手につかんでくる。

その手を導いて、ジャージズボンの股間に押し当てた。すると、優子は啓太郎のイチモツを情熱的に撫でてきた。

やはり、いつもの優子とは様子が違う。

（そうか、樹里ちゃんか……。彼女が、男を寮に引きずり込んだと知ってから様子が変わった。俺にも手を出すかもしれないと危機感を持ったのだろうか。あまり拒否ばかりしていると、彼女に持っていかれると……）

真偽のほどはわからない。だが、優子が何らかの刺激を受けたことは確かなようだ。後ろ手にしなやかな指で股間をいじられて、分身が芯が通ったようにギンとしてきた。と、優子はいきりたつものに尻を擦りつけてくる。まるで、ヒップで愛撫しているように腰を振り、まわし、勃起に擦りつけてくる。

優子は普段は淑やかだが、ある一線を越えるととても淫らになる。

啓太郎は、優子が本来持っているだろう多情さが目を覚ますその瞬間を、たまらなくエロチックに感じてしまう。

スカートをまくりあげると、肌色のパンティストッキングに包まれた豊かな尻から、水色のパンティがのぞいた。大きい、立派な尻である。

尻を丸みに沿って力を込めてなぞると、パンティストッキングを通して、むっちりと張った尻の肉感が伝わってくる。

そして、優子は流し台の縁を手でつかみ、もう我慢できないとでも言うように尻をまわす。

エプロン姿で愛撫に応える優子に、啓太郎は完全に発情した。

尻たぶの底に指をすべり込ませると、ぐにゃりと沈み込む箇所があって、

「んんんっ、あああ……」

優子はじりっと腰を揺らめかせつつも、いっそう突き出してくる。

その、もっと触って、とでも言いたげな腰づかいがいやらしすぎた。

啓太郎は触りやすくなった基底部を、パンティストッキング越しにさすり、エプロンの内側にすべり込ませた手で、胸のふくらみを揉みしだいた。

こういうのを、エプロンセックスと言うのだったか？　以前に、亡き妻相手に試そうとしたことがあるが、妻には『ＡＶじゃないんだから』と断られた。

それを、今、実現させているのだ。

「あああ、恥ずかしいわ。こんなになって……」

優子が耳の後ろを真っ赤にして、羞恥に身をよじる。

「いいんだよ。エッチな優子さんが好きだ。感じてほしいんだよ。感じてくれると、うれしい。自信が持てる」

耳元で言い、股間をさするうちに、そこはじっとりと湿り気を帯びて、ぐちゅ、ぐちゅといやらしい音まで聞こえてくる。

啓太郎は後ろにしゃがんで、パンティストッキングに手をかけ、パンティとともに引きおろした。

ぷりんっと白いヒップがこぼれた。さらに引きおろして、片足を脱がせた。

向かって左の膝のあたりに下着がまとわりついているのを見ながら、尻たぶをつかんで、ぐいと開いた。尻の狭間がまる見えになって、

「ああ、いやっ……！」

優子が腰を逃がす。やはり、排泄の器官を見られるのは恥ずかしいのだろう。へっぴり腰になって、女の秘密を隠そうとする。

だが、女が羞恥に悶えるほどに昂るのは、男の性《さが》だ。

啓太郎はさらにしゃがんで、尻たぶの底に顔を寄せた。むんとした甘酸っぱい体臭を吸い込み、漆黒の翳りを見ながら、女の割れ目をぺろりと舐めると、

「ぁあん……！」

びくっとして、優子は腰をくねらせる。

内部の赤みがぬっと現れた。幾重もの肉襞が重なった濃いピンクの粘膜に、ぬらり、ぬらりと舌を這わせるうちに、そこはますます潤みを増して、

「あっ……あっ……ぁあうぅぅ」

優子は顔を伏せて、腰だけを前後に振り、ぬかるみを口許に擦りつけてくる。

啓太郎は逸《はや》る気持ちを抑えて、女の器官を丁寧に愛撫する。

白濁した蜜を滲ませた膣口に舌を走らせ、さらに、下方の突起を吸い、舐め転がし、舌先で刺激する。

と、優子はどうしていいのかわからないといった様子で、がくっ、がくっと膝を落とす。

その頃には、啓太郎の股間ははち切れんばかりになっていた。

しゃぶって欲しくなって、優子をこちらに向かせ、肩を押した。

すると、何を求められているのかわかったのだろう。優子は前にしゃがみ、ジャージズボンとともにブリーフをおろした。

転げ出てきたイチモツを見て、はにかみつつも、頬擦りしてきた。

さらに、亀頭部に舌を這わせる。鈴の口に似た尿道口にちろちろと舌を走らせながら、本体を握ってしごいてくれる。

ぐいっ、ぐいっと強めに擦りあげられると、愚息がますますいきりたつ。

啓太郎には、イチモツが漲ってくるこの充溢感がたまらなかった。

何だかんだ言っても、男は勃起することで、オスになるのだ。それが、優子を抱いてよくわかった。

次の瞬間、柔らかく濡れた唇がかぶせられ、根元まですべっていった。

(ああ、これだ、この感触……！)

オスの器官をすっぽりと覆われている。その包容感が、啓太郎に至福を感じさせる。

柔らかく、濡れた唇が動きだした。

まったりとした唇が隙間なく、硬直にまとわりついてきて、その適度な圧迫感と密着感が心地よい。

歳をとったせいか、あまり強くしごかれるとちょっとつらいが、このくらいがちょうどいい。安心して身を任せることができる。

下を見ると、ちょうど優子が見あげたところだった。

アーモンド形のスッと切れた目をきらきらさせて、唇をOの字にひろげている。自分の愛撫がもたらす効果を推《お》し量っているような目が悩ましい。

胸当てエプロンをつけて、キッチンで啓太郎の愚息を献身的にしゃぶってくれているのだ。

(おおう、優子さん……あなたほどの女はいない！)

男根が蕩《とろ》けるような甘い快感にひたっているとき、優子の右手が下半身へと降りていった。

(えっ、何をするんだ？)

優子の手がエプロンとスカートのなかに消えた。そこをゆるやかに擦っているのがわかる。

優子はフェラチオしながら、自らの恥肉をいじっているのだった。

血管が浮かぶ肉の搭をちろちろ舐めながら、そこをさかんにいじり、

「あうぅぅ……」

今にも泣きださんばかりに眉根を寄せて、啓太郎を見あげてくる。

スカートを張りつめさせた腰が何かを期待するかのように、じりっ、じりっと揺れている。粘膜をかき混ぜる淫らな音が聞こえる。

もう我慢できなくなった。

「ありがとう。いいよ……」

啓太郎は優子を立たせて、流し台の縁につかまらせる。

尻を引き寄せて、スカートをまくりあげる。

水色の胸当てエプロンの内側に、丸々とした尻が自己主張していた。満遍なく肉の張りついた尻たぶのちょうど真ん中に、エプロンの紐の結び目の余りが垂れ落ちている。

啓太郎はその紐を避けるようにして、いきりたちを女の割れ目に押し当てた。

ぬかるみに押し込んでいくと、亀頭部が膣口を押し広げていき、

「くっ……！」

リボンで結ばれた髪が撥ねあがった。

「おおぅ、くっ……！」

と、啓太郎も歯を食いしばらなければいけなかった。

初めてしたときよりも、女の祠《ほこら》は熱く、蕩けていた。

相変わらず緊縮力は強いが、それ以上に、とろとろとした粘膜がからみついてきて、気を許せばたちまち洩らしてしまいそうだ。

射精感をやりすごして、啓太郎はゆっくりとした抽《ちゆう》送《そう》を開始する。

エプロンの下の大きな尻を両手でつかんで引き寄せながら、加減して腰を振る。と、屹立が女の祠をうがち、深いところまでこじ開けていき、

「ぁあああ、ぁあああ……」

優子はステンレスの縁をつかんで、顔を反らせ、背中をしならせる。

啓太郎はうねりあがる快美感のなかで、うっとりと目を細める。朝の陽光が窓の多いリビングに射し込んで、眩《まぶ》しいくらいだ。

亡妻相手にもできなかったエプロンセックスを、入居者相手にしている。

いや、すでに優子は入居者というレベルではない。自分の妻のようなものだ。

(この歳で、まだ初体験のことができるんだな)

ゆったりと腰をつかっていると、みっちりとした膣が肉棹を包み込んできて、射精前に感じる陶酔《とうすい》感が込みあげてきた。

「おおぅ、優子さん……気持ち良すぎる、おおぅ！」

思わず強く打ち込むと、優子は身体を前後に揺らしながら、

「あんっ……あんっ……ぁあああ、大家さん、気持ちいい」

悦《よろこ》びの声をあげる。

啓太郎も急速に高まってきた。

一度だけ身体を合わすのと、二度抱くのとはまったく違う。これで、二人は男と女として、深い関係に突入するのだ。

「ああ、優子さん……好きだ！」

気持ちを込めて、叩き込んだ。

「あん、あん、あん……わたし、あなたを……好きになっていいんですね？」

優子が首をひねって、啓太郎を見た。その目は潤みきって、喜びの涙を浮かべているようにも見える。

「いいんだよ、もちろん、いいんだ。好きになってくれ！」

啓太郎は渾身《こんしん》の力を込めて、後ろから突きあげる。熱い坩堝《るつぼ》と化した膣がうごめきながら、からみついてきた。

「おおぅ、出そうだ！」

「ああぁ、ください……来て。来て……あんっ、あんっ、あんっ……」

強烈に叩きつけると、優子は華《はな》やいだ声をあげて、顔を撥ねあげる。リボンでまとめられているポニーテールが揺れている。

「出るよ、出る……」

「ぁあぁ、ちょうだい。わたしもイク……あん、あんっ、ぁあん……ぁあああああ、来るぅ……」

「そうら、イケ！」

腰をつかみ寄せて、最後の一撃を深いところに押し込んだとき、

「くっ……！」

優子は生臭い声を洩らして、のけぞりかえった。

次の瞬間、啓太郎も至福に押しあげられた。

脳天がぐずぐずになるような絶頂のなかでも、尻の両側をつかんで離さない。

「あっ……あっ……」

優子は余韻を引きずってがくっ、がくっと尻を震わせていたが、やがて、精根尽きはてたように、ずるずるっと床に座り込んだ。

3

日曜日、啓太郎と優子がダイニングテーブルを挟んで寛《くつろ》いでいると、昼前になって、ようやく樹里が階下に降りてきた。専門学校は日曜休みらしい。

キャラクターがデザインされたピンクのパジャマにガウンをはおった姿で現れて、

「おはようございまーす。あわわ……」

と、思い切りアクビをする。

髪はぼさぼさだし、スッピンである。

だが、これがなかなかかわいい。いつも派手なメイクをしているが、素顔のほうが純朴で、啓太郎は好きだ。

もともと目がぱっちりとして大きく、鼻筋も通っているのだから、過度なメイクはいいところを消すだけのような気もする。

樹里はリビングのロングソファにごろんと寝ころび、リモコンをつかんでテレビのスイッチを入れ、気に入った番組のところで止めて、ソファに横になったまま眺めている。肘掛けに頭を乗せ、股にクッションを挟んでいる。

部屋にはテレビが置いてないからこうなるのだろうが、それにしても、リラックスしすぎていやしないか？

だが、それだけ啓太郎と優子に気を許しているということでもある。それに、十九歳の若くきれいな子が寛いでいる姿は、しどけなくていい。

それを見ていた優子が、声をかけた。

「樹里ちゃん、お腹空いてるでしょ？」

「あっ、ええ、はい……ぺこぺこ」

樹里がソファに上体を立てた。

「もしよかったら、一緒に昼御飯作らない？」

「ああ、そうか……家事を手伝う約束だった。やります」

樹里が立ちあがった。

この子は、優子にはすごく気をつかっているのがわかる。

「じゃあ、来て」

二人はキッチンの前に立つ。すると、優子がいつも使っている胸当てエプロンを樹里に手渡した。

樹里はガウンを脱いで、パジャマの上にエプロンをつける。それを優子が手伝っている。

(なんか、こういうところを見ると、母と娘みたいじゃないか……ということは、俺はさしずめ優子の夫で、樹里の父親か？)

三人はまったくの赤の他人であり、もっと言えば、二人は入居者だ。しかし、啓太郎は家族のような関係を求めているのだから、これはいい兆候だ。

昼食は焼きそばらしく、優子の指導の元、樹里がキャベツなどの野菜を切っている。

真剣な顔で包丁を使う樹里の下を向いた横顔が、なかなかかわいい。エプロン姿もフレッシュでいい。

(だけど、寮に男を引きずり込んだんだよな)

啓太郎はついつい、若い男に抱かれて、あんあん喘いでいる樹里の姿を想像してしまい、

(いかん。ダメじゃないか!)

と、自分を戒める。

自分には優子がいるのだから、他の入居者に邪な思いを抱くのは、マズい。第一、優子に申し訳ない。

樹里の後ろで温かい目で見守っている優子は、大人の優美さをたたえていて、人妻の持つ落ち着きが感じられる。

ついてるな、と啓太郎は思う。

シェアハウスをはじめて、最初はどうなることかと不安だったが、まさか、こんな美女二人が入居してくれるとは。

二人は手早く焼きそばを三人前作り、三人で食卓を囲んで食べる。

「うん、美味しいよ」

啓太郎が褒めると、樹里が言った。

「味付けはほとんど優子さんですから」

「だいたいわかったでしょ？　いい、今度は樹里ちゃんがひとりで作るのよ。わかったわね」

優子に言われて、

「は――い」

と、樹里が答える。

どうやら、二人はいい関係を保っているようで、啓太郎もほっとする。シェアハウスではお互いが顔を合わせることが多いから、人間関係を良好に保つことが大切だ。

とくに、女同士はどうしてもぎくしゃくしがちだが、これなら大丈夫そうだ。

樹里とエステの専門学校の話をしているうちに、生徒には男もいるという話題になり、啓太郎は気になっていたことを訊いてみた。

「今日は日曜日だけど、樹里ちゃんは、ボーイフレンドとデートしたりしないの？」

と、樹里が意外なことを言った。

「カレシとはもう別れました。ほら、彼が寮に来たせいで、強制退寮させられたでしょう？　それなのに、ひどいんですよ。彼ったら、何もしてくれないの。俺はお前に呼ばれただけだから責任はない、みたいなことを言い張って、責任逃れするんですよぉ。わたしが放り出されても、なあんもしてくれないし……で、思い切りフってやりました。やっぱり、同年代の男はダメ。頼りにならないし……」

啓太郎はどう言葉を返していいのかわからない。優子も黙っている。

しばらく沈黙がつづき、食べ終える頃になって、優子が樹里に言った。

「そうだ。今日、買い物に出る予定なんだけど、一緒に行かない？」

「……すみません。わたし、疲れてて……今日は休養します。だから、買い物はまた次に……」

樹里が体よく断った。

「じゃあ、俺が一緒に、行くよ」

啓太郎が口を挟む。

「いえ、大家さんは……」

優子がこちらを見て、かるく首を左右に振った。おそらく、一緒にいるところを誰かに見られたら、マズいと考えているのではないか。

「だったら、俺がひとりで行ってくるよ」

「いえ、今日はいろいろと買いたいので……わかりました。わたしがひとりで行きます。今から出て、帰りは夕方くらいだと思います」

「そんなに遅くなるの？」

「はい……いろいろと買いたいので」

「そうか、わかった。気をつけてな」

「はい……大丈夫です。樹里ちゃんもゆっくり休んでね」

「はい……」

樹里が明るく答える。

昼食を終えると、優子は支度をして、外出した。

（大丈夫かな？）

優子のひとりでの外出を不安に思いつつも、啓太郎は一階にある仕事部屋で会計士の仕事をする。

データをパソコンに打ち込んでいるとき、ドアをノックする音が聞こえた。

（うん、誰だろう？　優子さんはまだ帰っていないはずだが……）

ドアを開けると、樹里が立っていた。

「んっ、何？」

「……あの、実験台になってほしいんですけど……」

樹里がよく理解できないことを言う。

「えっ……実験台？」

「はい……ハンドマッサージの。ダメですか？」

エステティシャンのテクニックのひとつがハンドマッサージで、これによって、新陳代謝をうながし、肌が若返るのだと言う。

「俺が……その実験台に？」

「はい……わたし、すごくボディマッサージが下手だって言われてて、学校でやるだけじゃダメみたいなんです。だから、あの……」

「俺を実験台にしたいわけだね」

「はい……申し訳ないとは思うんですが」

「男でいいの？」

「もちろん……実際に、今、メンズエステって流行ってるんですよ。だから、大家さんもお肌がきれいになると思うんです」

「一石二鳥ってわけだな？」

「はい……それに、あの、わたし、家賃安くしてもらってるのに、ほんとは家事もほとんどやってないし……だから、大家さんのマッサージをさせてください。もちろん、料金は取らないです」

聞いているうちに、それも悪くはないなと思った。

エステは体験したことはないが、腰が凝るので、普通のマッサージは時々受ける。

「わかった。マッサージしてもらうよ」

「ありがとうございます！　じゃあ、わたしの部屋に来てもらえませんか？」

「えっ、きみの部屋に？」

「ええ……オイルとかいろいろと用意があるから、部屋のほうがいいんです」

「そうか、わかった」

啓太郎はパソコンを閉じて、部屋を出た。

4

セミダブルのベッドの上に、啓太郎は腰にバスタオルを載せただけの格好で、うつ伏せに寝ていた。下には、防水シーツのようなものが敷いてある。

顔を横向けているので、樹里の姿が見える。

樹里はTシャツを着て、白のショートパンツを穿いている。Tシャツの胸はちょうどいい大きさでお椀形にふくらみ、尻が見えそうなほどの短パンなので、想像以上にむっちりとした太腿があらわになっていた。

せっかくのボブヘアがなぜ茶色なのか疑問だが、顔がかわいいから許す。

それに、後ろを向くと、ぴちぴちのウルトラショートパンツから尻の下のほうのふくらみがわずかにのぞいてしまっているのだ。

「じゃあ、行きます。痛かったりしたら、遠慮なく言ってくださいね。それから、これマッサージ用オイルです。ハーブの香りだけど、いやじゃないですか？」

オイルを手のひらにあけて、樹里が言う。

バジルっぽい甘い香りがするが、いやではない。

樹里がベッドに屈み込むようにして、肩口をマッサージしてきた。

オイルを塗り込みながら、肩をなめらかにさすってくる。

普通のマッサージのように強くは揉まないで、表面を柔らかくなぞりながら、擦っていく感じだ。

(なるほど、これなら肌に良さそうだ)

樹里の手が背中のほうに降りていき、肩甲骨と二の腕、さらに、背筋にオイルを塗り込みながら、やさしくさすってくる。

ハーブの甘い香り――樹里のしなやかですべすべした手のひらがひどく心地よい。

「いかがですか？」

「ああ、いい感じだよ」

「わたし、下手じゃないですか？」

「全然……エステは受けたことがないからわからないけど、すごく快適だよ」

「よかった……」

樹里の手が脇腹にまわり込んできた。そこをスーッ、スーッと撫でられると、くすぐったくなって、

「お、あっ……そこはいいよ。くすぐったいよ」

「でも、脇腹ってじつはとても大切な箇所なんですよ。我慢してください」

樹里に両手で脇腹の肉を上へ下へと持って行かれると、確かにこれは贅肉を取る効果があるような気がする。

と、その手がバスタオルを下へとずらしていく。いかん、これでは尻が丸見えになってしまう。

「ちょっと……」

「恥ずかしいですか？」

「ああ、それはね」

「平気ですよ。わたし、男のお尻とか見慣れていますから」

「しかしね……」

「いいから、言うことを聞いてください！」

びしっと言われて、啓太郎は抵抗を諦める。

樹里は腰から尻にかけてマッサージしながら、バスタオルを徐々にさげていく。ついには、お尻の孔まで見えそうになって、啓太郎は思わずぎゅっと尻たぶを引き締める。

と、樹里はまるで、啓太郎が恥ずかしがるのを愉《たの》しんでいるみたいに、尻たぶを大胆に開いた。

「あっ……！」

思わず隠そうとした手を、樹里に外された。

「樹里に身を任せて。そうしないと、究極のリラクゼーションは得られないですよ。わかります？」

少し樹里の物腰が変わったような気がする。

「わ、わかったよ」

答えると、樹里がベッドにあがった。

啓太郎の閉じた足をまたぐようにして、上から腰と尻をマッサージする。なかなか巧妙だ。時々その指が尻の谷間や、内腿の奥にまですべり込んでいるような気がするのだが……。

それに、樹里が座っているので、ショートパンツ越しに豊かな尻の弾力を感じるし、内腿も時々触れる。

樹里が尻たぶをつかんで、ぶるぶるっと振動させた。この振動がいけなかった。微妙な刺激を感じて、股間のものが力を漲らせてきた。むくむくと頭を擡げてくるのがわかる。

きっと、この状況がいけないのだ。自分は素っ裸で尻の孔までさらしている。いや、きっと、睾丸も見えてしまっているだろう。

そこに、若い女が乗っかっているのだ。

樹里の手が尻の谷間をなぞってきた。スーッ、スーッと指で掃くようにされる。しかも、その指先がアヌスを微妙に刺激してくる。

「おっ……！」

びくっと、腰を浮かせていた。

と、樹里の手がベッドの腹の隙間に伸びてきた。あっと思ったときは、分身を握られていた。

「くっ……あっ、おい……こ、こらっ……くぅぅ」

やめさせようしたものの、途中で抗《あらが》いの意志が消えていく。樹里がこの瞬間を逃さじとばかりに、肉棹を握りしごいてきたからだ。

気持ち良すぎた。

きっと、手がマッサージオイルでぬめっているからだろう。すべりがよく、なおかつしっとりとした潤滑性のあるオイルとともに、若い指がすべっていくと、抗しがたい快美感がうねりあがってきた。

しかも、樹里はもう一方の手で、アヌスを触っているのだ。

しごかれると、ついつい腰が浮いてしまう。そこを、後ろの窄《すぼ》まりをオイルマッサージされるのだから、たまったものではない。

お尻のむず痒いような感触と、勃起を若い指でしごかれる文句のつけようのない快感がないまぜになって、下半身にひろがってくる。

(どういうつもりなんだ？　最初からこうするつもりだったのか？　それとも、ついついこうなってしまったのか……)

わからない。だが、そのとき、啓太郎の脳裏に浮かんでいたのは、優子の顔だった。優子が眦《まなじり》を吊りあげて、怒っている。

「ダメだ。やめなさい」

そうは言うものの、言葉に力がない。

樹里はいっさい手をゆるめない。それどころか、啓太郎を仰向けにさせて、いきりたっている肉の柱をいっそう強く擦ってくる。

ただ擦るだけではない。オイルをつけた両手でそそりたっているものを揉むようにマッサージする。袋の下側の会陰《えいん》部にまで指を伸ばして、敏感な縫目をさすったり、指圧したりする。

その間も本体を握りしごかれているから、啓太郎も逃れる術がない。

うねりあがる快感に唸っていると、樹里が言った。

「大家さん、ひとつ訊きたいことがあるんですけど」

「……な、何？」

「大家さんと優子さん、どういう関係なんですか？」

「そ、そんなこと、きみには関係ないだろ？」

「ありますよぉ。だって、わたしたちひとつ屋根の下に住んでるんですよ。とくに、ここには三人しかいないし、家族同様じゃないですかぁ……二人は肉体関係があるんですよね？」

啓太郎は押し黙る。

「否定しないとこを見ると、そうなんですね。だって、二人、妙に親しいもの。セックスしないと、絶対にあんな雰囲気出ないですよ」

そうだろうなとは思う。自然にばれてしまうのは、しょうがないのかもしれない。

「あとひとつ……優子さんって、どんな人なんですか？　絶対、秘密持ってますよね？　教えてください」

「無理だよ。教えられない」

「これで、どう？」

足の間にしゃがみ込んだ樹里が、一気にそれを頬張ってきた。

ぽっちりとした桜桃《さくらんぼ》みたいな唇をひろげて、亀頭部を呑み込み、素早く往復させながら、同じリズムで根元を握りしごいてくる。

「やめろ。おおぅ……！」

思わず訴えていた。

だが、樹里は肉棹の根元を絞るような巧妙な動きで指を動かし、ぷにっとした唇で肉の塔を包み込みながら、敏感な亀頭冠をきっちりと愛撫してくる。

上手すぎた。

指づかいが巧みだ。器用なのだ。ボディマッサージが苦手なんて絶対にウソだ。きっと最初からこれが狙いだったに違いない。

このままでは、発射は時間の問題だった。それは困る。大いに困る。

「わ、わかった。言うよ。教えるから……」

ぎりぎりまで我慢して、屈服した。と、樹里がちゅぽっと吐き出し、唾液まみれの肉柱を握り、しごきながら言う。

「じゃあ、教えてください」

「じつは……」

啓太郎は、優子はもともと秋田の有力者と結婚してそのお屋敷に住んでいたが、夫の暴力と、姑《しゅうとめ》のプレッシャーを受けて、家から逃げだしてきた。お金もないので、ここに入居させた。

というようなことを手短に話すと、樹里が言った。

「大家さんが、優子さんを匿《かくま》っているわけですね」

「まあ、そんなようなものだ。だから、これは秘密にしておかないとマズいんだ。田舎の家族にばれると、連れ戻されてしまう。樹里ちゃんもそこだけはわかっていてくれ」

「大丈夫ですよ。絶対に口外しません。それに萌《も》えるなあ……暴君のダンナから逃げてきた美貌の人妻を匿う初老の男……いいです、とっても」

樹里は目をうるうるさせる。

目的を達成したのだから、もう終わりかと思ったが、そうではなかった。

樹里が啓太郎の両膝をすくいあげた。

ぐっと上に向けられて、おチンチンはおろかアヌスまであらわになってしまう。

エッと思ったとき、また肉棹を頬張られた。

ぷにっとしたほんとうに柔らかい唇がかぶせられ、一気に根元まですべっていき、
そこで、しばらく静止した。

そこから、また唇があがっていき、その上下動がどんどん速くなっていく。

「おっ、おい……やめなさい」

言うと、樹里は肉棹を頬張ったまま、見あげてくる。

ボブヘアの前髪がはだけて、額が出ている。唇をOの字にして、上目づかいに見あげながらも、ずりゅっ、ずりゅっとしごいてくる。

啓太郎の両膝をつかんで持ちあげているので、自分の大股開きしたその間から、樹里の顔がのぞいている。大きいが目尻の切れた瞳はらんらんと輝き、好奇心と性欲に満ちている。

（ああ、これがこの子の本性か……）

何だか、ここまで来て、『やめなさい』などと言っている自分が、情けなくなってきた。ここは潔く、乗るべきではないか？

（ゴメン、優子……許せ）

心のなかで優子に謝って、湧きあがる快感に身を任せた。

樹里に、自分で膝を持つように言われて、その通りにする。

と、樹里は手にマッサージオイルをつけ、亀頭冠の真裏にあたる裏筋の発着点を指腹でなぞってきた。オイルでぬるぬるとすべる。小さな円を描くように急所をマッサージされると、疼《うず》くような快美感がうねりあがってきた。

さらに、樹里は顔を低くして、裏筋から睾丸、さらに、会陰部へと舌を躍らせる。

大いに感じる道をちろちろされ、同時に包皮小帯を刺激されると、うずうず感が最高潮に達し、ジンと痺れてきて、先走りの粘液が滲んだ。

いや、滲むどころではない。あふれでた粘液がしたたって、糸を引いている。

（上手すぎる……十九歳で、このテクニックか……！）

エステティシャンとしてハンドマッサージを習っているから、きっとそれで指を使う愛撫が得意なのだろう。

樹里は手加減しない。

オイルを垂らしたぬるぬるした手で、内腿や鼠蹊《そけい》部をさすってくる。そうしながら、肉棹を頬張って、唇をすべらせる。

柔らかくて湿った唇、唾液にまみれた口腔の温かさ、そして、ツボを心得た巧妙なタッチ……。

これで、我慢できる男などいやしない。

「おぅ、ダメだ。出てしまうよ」

訴えると、樹里はいったん吐き出して、

「いいのよ、出して。お口に出して」

言い、また顔をうつむかせて、肉棹に唇をすべらせる。

優子の場合は、舌や口腔がぴったりと肉棹にまとわりついてくる感じだが、樹里は摩擦が激しい。

きっと、オイルなしでは、つらかっただろう。だが、オイルと唾液でぬるぬるしていて問題ないし、その分、快感が高まる。

自ら開いた足の間で、優子の顔が激しく行き来し、ボブヘアが揺れる。くびれたウエストから急激に盛りあがっていくヒップラインとぴったりと張りつき、食い込んでいるショートパンツ——。

抗しがたい快美感が急速にひろがった。もう、こらえられない。

「樹里ちゃん、出すよ。ほんとうにいいんだね？」

樹里がちらっと上目づかいに見てうなずき、肉棹の根元を握った。きつくしごきながら、唇を往復させる。

ジーンとした痺れが、さしせまった快美感に変わった。

「おぅ、おおぅ、ぁああ、出すよ。出す……うっ！」

根元を強くしごかれたとき、啓太郎は放っていた。

ドクッ、ドクッと熱いマグマが飛び出していくその快感と言ったら……。

(口内射精などいつ以来だろう！)

感激と昂奮で、腰が勝手に撥ねている。そして、間欠泉《かんけつせん》のように断続的にあふれでる男液を、樹里は咥《くわ》えたまま、こくっ、こくっと喉音を立てて呑んでくれている。

一陣の歓喜の嵐が通りすぎていった。

と、樹里は肉棹から口を離し、溜まっている白濁液をごく、ごくと嚥下《えんげ》する。

その目を閉じて、うっとりとして精液を呑む表情が、また一段と美しく、いやらしかった。

呑み終えて、樹里が口角に付着していた白濁液を指で拭き、その指を頬張って舐めとった。

それから、天使のように微笑んだ。

第三章　熟肌と若肌の狭間で

1

数日後の夜、すでに時計は午後十二時をまわり、啓太郎は一階の寝室で、うとうとしていた。五十も半ばを過ぎてから、若いときのようにスーッと眠れなくなった。

こんなとき、優子が隣にいてくれればと思うのだが、優子はそのへんはきっちりしていて、決して啓太郎と同衾しない。今も自分の部屋で寝ているだろう。

布団の上を輾転《てんてん》としていると、玄関ドアが開く音がして、人の気配がする。

樹里が帰ってきたのだ。

(今夜はいつもより遅いな。呑んできたんだろう)

そんなことを思っていると、一瞬、リビングのほうに消えていった足音が、どんどん近づいてきた。

啓太郎の部屋の前で足音が止まり、ノックもなしにドアが開いた。

やはり、樹里だった。ジャケットをはおり、極端に短いスカートを穿いた樹里が、よろよろしながら、部屋に入ってくる。

酔っているのだろう。手足の動きがばらばらだし、ボブヘアがよく似合う顔の目尻が朱に染まっているし、目も潤んで白目が赤い。

「大家さん、疲れた——」

舌足らずに言って、ジャケットを脱いで放り、そのまま掛け布団をあげて、啓太郎の隣に潜り込んできた。

啓太郎はギョッとして、隣の樹里を見る。あまりにも突然のことで、どう反応していいのかわからない。

仰向けに寝たまま呆然としていると、樹里は啓太郎のほうを向いて横臥し、肩と胸の中間地点に顔を押しつけ、さらに、足を啓太郎の下半身に乗せてきた。

「お、おい……酔ってるだろ？」

声をかける。

「ふふっ、酔ってますよ。いけませんかぁ？」

酒臭い息を吐きながら、樹里はますますぴったりと身体をくっつける。

(な、何なんだ？　どうしろというのだ？)

その間も、Tシャツ越しに豊かな胸の弾力を感じる。胸ばかりではなく、腹のほうも擦りつけてくるので、太腿の内側やその奥を如実に感じてしまう。

樹里が顔をあげて、上から見ながら、啓太郎のパジャマの胸ボタンをひとつ、またひとつと外していく。

きっと、啓太郎は怯えた顔をしていたのだろう、

「もしかして、怖がってるんですか？」

樹里が訊いてくる。

「あ、ああ……いや……」

「どっちなんですか？　この前、ミルクを呑んであげたじゃないですか？　もう、あのこと忘れちゃったとか？」

パジャマの前を開いて、樹里がちらりと啓太郎を見た。

「いや、忘れるはずがない。忘れてはいないよ」

「あのとき、気持ち良くなかったですか？」

「……もちろん、気持ち良かったよ、すごく」

「だったら、いいじゃないですか？　それとも、優子さんが怖かったりして？」

樹里がじっと見据えてくる。その確信を持った視線が、突き刺さってくる。

「ああ、やっぱりそうだ。大丈夫ですよ。わたし、けっこう口が堅いんで。このこと、絶対に言いません。そんなことしたら、わたしも優子さんに嫌われちゃう。優子さん、ここの奥様だから、嫌われたくない。だから、大丈夫ですよ」

つぶらな瞳がどこか悪戯っぽい雰囲気をたたえている。

「ほんとうだろうね？　信じていいね？」

「はい……約束です。絶対に口外しません」

そうきっぱり言われて、啓太郎は少し安心した。

「わたし、もう同じ年の男はいやなんです。信じられないっていうか……やっぱり、大家さんみたいに落ち着いた大人が安心できる」

樹里が言いながら、胸板をなぞってくる。

おそらく、心にもないことを言っているのだ。もしかして、同年代のカレシと別れて、欲求不満なのかもしれない。

だが、樹里の身体を近くで感じ、若い女のちょっと汗ばんでいるが健康的な体臭に包まれると、体の底でうごめくものがあった。

あらわになった胸板に、樹里がちゅっ、ちゅっとキスをしてきた。そのキスの仕方が絶妙だった。

ソフトな唇を押しつけたところに、舌を走らせる。ちろちろっと舌先を横揺れさせたり、ねっとりと舐めあげたりする。

さらに、唇を窄めながら乳頭をやさしく包み込み、それから、舐めてくる。

どうやら、樹里は唾液の分泌が多いタイプらしい。垂れ落ちるほどの唾液を啓太郎の乳首に塗りつけ、舌先でくすぐってくる。

「おっ、あっ……よしてくれ……くぅぅ」

くすぐったさと快感が入り交じっている。

と、樹里の右手がおりていった。パジャマのズボンとブリーフの内側にすべり込んでいき、一気に分身をとらえる。まだ半勃起状態のそれを握って、ゆるやかにしごきながら、乳首にキスを浴びせてくる。

枕明かりが黄色い和紙を通してあたりを照らし、掛け布団を背負って下を向きながらも、時々、啓太郎をうかがう樹里の表情を浮かびあがらせている。

先日はスッピンだったが、今日はばっちりメイクをしているので、かわいさに艶かしさがプラスされていた。

アイシャドーがぬめぬめと光って、ピンクに近いルージュもとてもフレッシュで、セクシーだ。

樹里が掛け布団を剝いで、啓太郎の腹部にまたがった。

膝上二十センチのデニム地のミニスカートがはだけて、むっちとした左右の太腿の間に、ピンクのパンティがのぞいてしまっている。今日はパンティストッキングを穿いていないようだ。

樹里が着ていたTシャツの裾に手をかけて、めくりあげ、頭から抜き取った。

こぼれでたピンクのブラジャーには白い刺しゅうが施されていて、カップが半分くらいしかない。そのハーフカップが意外に豊かな胸のふくらみを押しあげている。

左右の色白の乳房がなかば見えてしまっているし、寄せられた双乳が真ん中でせめぎあっている。

ゴクッと静かに生唾を呑み込む啓太郎だった。

と、それがわかったのか、樹里はにこっとして、背中に手をまわした。ホックを外して、ブラジャーを肩から抜き取った。

ウオッと目を見張った。

充分な大きさの白い乳房が形よくせりだしている。

何と言っても、形がすばらしい。直線的な上の斜面を下側の充実したふくらみが持ちあげていて、色素沈着の少ない乳暈からピンクの乳首がせりだしている。

まったく重力の影響を感じさせない。

透きとおるようなピンクの乳首も威張ったように上を向いているし、全体も微塵も垂れていない。

「舐めたいですか、乳首？」

樹里が自信満々で訊いてくる。どうやら、乳房には絶対的な自信を持っているようだ。

「ああ……もちろん」

「じゃあ……」

胸のふくらみが近づいてきた。

枕明かりに照らされた白い乳房を、啓太郎はおずおずとつかんだ。

柔らかいが、若いせいか、たわわな感触はない。

樹里がますます前傾して、胸を寄せてくる。

乳房をつかみながら、頂上にちゅっとキスをすると、

「んっ……！」

びくっとしながらも、樹里はもっととばかりに胸を寄せてくる。

啓太郎も、だったらもっと大胆にしていいのだろうと、乳首にしゃぶりついた。

まだ初々《ういうい》しささえ感じる乳首を丁寧に舐めると、一気にしこってきて、

「あっ……あんっ、あんんんっ……」

樹里が胸を擦りつけ、よじりながら、切なげに喘ぐ。

（ああ、この子はまだ若いのに、感度がいい……）

左右の乳首を交互にしゃぶると、樹里の腰が揺れはじめた。

啓太郎にまたがって、胸を預けながらも、じりっ、じりっと尻を振る。

（ああ、これは……！）

太腿の内側や基底部が触れているのだが、そのパンティがじっとりと濡れているのが、感触でわかる。

（こんなに濡らして……）

啓太郎は昂奮を覚えながらも、今や完全に勃起している乳首を指で攻めた。

かるく圧迫して、くりっ、くりっと転がすと、乳首がねじれて、

「あっ……あっ……ぁああんん、いやんん……」

樹里はのけぞりながら、さかんに腰を揺らめかせる。

濡れを増した基底部を腹に感じる。ぐちゅ、ぐちゅと淫靡《いんび》な音が聞こえる。

「ああん、もう、ダメっ……」

上体を立てた樹里が、下半身のほうに移動していく。

啓太郎のパジャマのズボンを引きおろし、ブリーフとともに足先から抜き取った。

そのとき、啓太郎のイチモツは恥ずかしいほどにいきりたっていた。

「ふふっ、いつもすごいね。大家さんのココは」

真っ白な歯をのぞかせて、樹里がイチモツをいじってきた。

樹里はこちらに尻を向けて、斜めから勃起に触れているので、啓太郎には、ずりあがったスカートの奥のピンクのパンティが張りついたその基底部が見える。

(うう、これはすごい……！)

丸々とした尻の底にピンクの布地が張りついている。そこには楕円形の大きなシミが浮きでていて、しかも、くっきりと縦溝ができている。

当然、樹里にも、見られていることはわかっているだろう。だが、彼女はもっと見てとばかりに尻を突き出し、啓太郎の肉柱を頬張ってくる。

ねっとりと舌をからめ、唇をかぶせて、リズミカルにしごいてくる。

「おお、くっ……！」

うねりあがる快感をこらえながら、啓太郎は前に手を伸ばした。

すっかり濡れている基底部をパンティ越しになぞると、そこがぐちゅっと音を立てて、沈み込み、

「んっ……！」

樹里がびくっと腰を撥ねさせた。

啓太郎は夢中になった。そぼ濡れる布地越しに窪みを指で行き来させる。

さらに、シミが濃くなっているところに指を添えて動かすと、柔らかな箇所が指先を包み込んで、

「んんっ……んんんっ……」

樹里は肉棹を咥えながら、じりっ、じりっと腰を揺らめかせる。

こぢんまりしているが見事なハート形を示す尻を撫でまわしながら、粘液でぬらつく箇所を指で刺激すると、樹里のストロークがやんだ。

ただ肉棹を頬張るだけになって、咥えたまま、「んんっ、んんんっ」と尻をもじつかせる。欲望がうねりあがってきた。

（ええい、こうなったら……）

ピンクのパンティに手を添えて、ぐいと剥きおろすと、ヒップがこぼれでた。

短いスカートの内側に、ほどよく大きいがまったく弛みのない引き締まった双臀が自己主張していた。

そして、ぷるんぷるんのお尻の底には、洪水状態の女の花芯があからさまな姿をのぞかせている。

「俺をまたいでくれないか？」

言うと、樹里がペニスを頬張ったまま移動して、啓太郎をまたぐ。

目の前に、水蜜桃みたいなヒップがせまっている。

啓太郎は顔を持ちあげて、舌をいっぱいに出した。尻の底をぺろりと舐めると、

「うんっ……！」

腰が撥ねた。

こうなると、啓太郎も本性が出てくる。

尻を引き寄せて動けないようにして、狭間に舌を走らせる。ぬるっ、ぬるっと舌が粘膜をすべって、

「んんっ、んんんっ……」

樹里はくぐもった声を洩らして、腰をくねらせていたが、とうとう咥えていられなくなったのか、顔をあげて、

「ぁあああ、そこ……ぁあああ、ぁあああ、気持ちいいよぉ」

心から感じている声をあげて、肉棹をぎゅっと握る。

啓太郎はさらに狭間を舐め、膣口を指でいじり、クリトリスを舌でれろれろっと弾く。すると、樹里はもうどうしていいのかわからないといった様子で身体をよじり、

「ねえ、ねえ……」

甘えるように言う。

「どうした？」

「これが欲しい。入れていい？」

いきりたちを焦れったそうにしごいてくる。

「いいよ、もちろん……だけど、きみは大丈夫なの？」

「どうして、そんなこと訊くの？　わたしとしたくないの？」

樹里がもっともなことを言う。

「いや、そうじゃない。ちょっと確かめておきたかっただけだよ。もちろん、樹里ちゃんとしたいよ。したいに決まってる」

「ほんとうに？」

「ああ、もちろん」

樹里がゆっくりと立ちあがり、身体の向きを変えて、またがってくる。身体につけているのは、デニム地のミニスカートだけで、上半身は裸だ。形のいい乳房をあらわにして、樹里が腰を落とす。

和式トイレにまたがる形で足を開き、そそりたっている肉柱の頭部を飾り毛の下に導いた。

陰毛は我が目を疑うほどに薄く、その若草に似てもやもやした繊毛からは地肌さえ透けて見える。

樹里があてがって、沈み込んできた。

きつい。入口も内部もきつきつだ。

途中まで迎え入れて、樹里は「うっ」と呻いて、ぎりぎりと奥歯を食いしばった。

それから、微妙に腰を揺らしながら落とし込んでくる。

狭隘《きょうあい》でありながら蕩けたような膣に、いきりたちが呑み込まれていき、

「ああああ……！」

樹里は嬌声をあげて、上体をのけぞらせた。

すばらしい食いしめに、啓太郎も唸る。

と、すぐに樹里が腰を前後に振りはじめた。両膝をぺたんと布団について、腰から

下を大きく振って、濡れたところを擦りつけてくる。

「くっ、くっ……」

啓太郎は奥歯を食いしばる。

肉棹が窮屈な女の道に揉み込まれ、根元から前後に打ち振られる。

すごい感触だった。膣の扁桃腺《へんとうせん》みたいなふくらみ、奥のほうのこりっとした箇所……それらが一気に襲いかかってくる。

「むぅぅ……」

啓太郎は鼻息も荒く、天井を見て呻く。

と、樹里が膝を立てた。

両膝をご開帳したので、イチモツが膣に嵌まり込んでいるところが丸見えになった。

若草みたいな翳りの下で、こぶりの雌花が肉柱を咥え込んでいる。

そして、樹里が腰を上下動させるたびに、ほぼ垂直にいきりたっている肉柱が出たり、入ったりする。

「おおぅ、くっ……くっ……」

締まりのいい、蕩けた肉襞に分身を擦りあげられて、啓太郎はもたらされる快美感を満喫する。

しかし、この迫力は何だ？

まるで、スクワットでもするように女体が上下動している。美しい乳房も縦に揺れ、膣肉をうがつ肉棹がはっきりと見える。そして、樹里は腹の上で切れのいいダンスを踊りながら、

「あんっ、あん、あん、あぁんっ……」

と喘ぎ、乱れたボブヘアに包まれた顔を陶酔の色で染める。

リズミカルな縦運動がやみ、今度は、腰をまわす。

ぐっと奥まで迎え入れておいて、その肉棹を軸に腰をぶんまわす。

驚くべきことに、これほどまでの貪欲さを見せつけているのは、まだ成人式も迎えていない十九歳の娘なのだ。

2

何かに突き動かされるように腰を振っていた樹里が、

「……あっ……！」

低く呻き、またがったまま、ぶるぶるっと裸身を震わせた。

ぐーんと顎をせりあげ、それから、操り人形の糸が切れたようにがっくりと前に突っ伏してきた。

気を遣ったのだろうか。啓太郎の肩に顔を埋めて、

「……あっ……あっ……」

と、エクスタシーの残滓《ざんし》を味わっている。

啓太郎はまだ射精していない。だが、若い女が気を遣って、体の上で痙攣しているのを感じると、これでも充分だと思う。

だが、樹里はそうは思っていないようだった。

しばらくして、元気を取り戻したのか、啓太郎にキスをする。唇を重ね、舌をからめながら、もどかしそうに腰を振る。

樹里が唇を離すと、二人の間に唾液の糸がたらっと伸びた。

「やだ、恥ずかしい……」

その糸を自ら拭《ぬぐ》って、樹里が言った。

「ねえ、下にして」

「まだ、やるの？」

「……もう、そんなこと言うなら、もうしない！」

樹里がぶんむくれた。

「いや、そうじゃないよ。ただ、樹里ちゃんが大丈夫かなと思っただけだから」

「わたしは平気よ。まだ、これからよ」

「じゃあ、這って」

「いいわよ」

結合を外して、樹里は唯一身につけていたスカートを落とした。それから、積極的に布団に這って言う。

「ねえ、その前にしゃぶらせて」

「えっ、わ、わかった」

愛蜜で汚れたものを頰張ってくれるらしい。

(この子はそうとうな好き者だな。こんなかわいい顔をしているのに……)

啓太郎は嬉々として、樹里の前に両膝を突く。

と、樹里がそれを舐めてきた。

自らの淫蜜にまみれて、てらてら光っているものを、その汚れをお掃除でもするように舐め取り、それから、頰張ってくる。

布団に四つん這いになり、顔だけを持ちあげた姿勢で、肉棹に唇をかぶせ、ゆったりと顔を打ち振る。

樹里の右手が背中のほうから下半身のほうに伸びていった。

尻の間に指を這わせ、なぞりながら、

「うんっ、うんっ、うんっ……」

と、全身とともに顔を打ち振って、肉棹を唇でしごいてくる。

啓太郎には、そのマニキュアされた長い指が尻たぶの間の雌芯をなぞっているのが見える。指を反らせて、叩くようにする。

それから、中指を裂唇に押し込んで、

「うぐっ……！」

と、低く呻く。

膣口に没した中指が激しく抜き差しされている。そうしながら、樹里は全身とともに顔も振って、いきりたちに唇をすべらせる。

(何てエッチな子だ！)

啓太郎はますます昂奮してきた。

気づいたときには、自分からも腰を振っていた。樹里の後頭部をつかんで引き寄せながら、ゆるり、ゆるりと肉棹を口腔に押し込んでいく。

自分で顔を振る必要のなくなった樹里は、眉根を寄せて、その快感を味わっている。尻のほうからまわした中指を、激しく膣口に行き来させ、

「ぁおおお、おおおっ」

肉棹によってOの字に開かれた口から、外国の女優のような声を洩らす。

「おおぅ、樹里ちゃん……すごいよ、すごい……おおぅ、くうぅ、ダメだ。出そうだ！」

啓太郎はとっさに腰を引き、間髪を置かずに今度は後ろにまわる。

ぷりんっとした尻を見ながら、その底の割れ目に硬直を押し込んでいく。今度はスムーズに入っていった。

叩きつけた。

真っ白なヒップをつかみ寄せて、ぐいぐい打ち込んでいくと、

「あんっ、あんっ、ああんっ……」

樹里が小気味いいくらいの喘ぎをスタッカートさせる。

「シーッ、声がデカいよ」

思わず制して、二階のほうをついつい見てしまった。優子の部屋はここのすぐ上というわけではないから、まず聞こえないとは思うが。

しかし、あまり大きな声を立てられては困る。もし、こんな行為を優子に知られたら、大変なことになる。

「声を抑えて」

「わ、わかった……」

そうは言うものの、啓太郎が律動を再開すると、樹里はまた、

「あんっ、あんっ、ぁあんん……」

と、華やいだ声を放つ。これはマズい。

「そこに枕があるから、そこに顔を押しつけたらどうだろう？」

そう提案する。樹里にもやはり、優子には見つかりたくないという気持ちがあるのだろう。ソバ殻枕を引き寄せて、そこに口許を押しつけた。

腕を折って顔を低くしているから、当然、尻だけが高々と持ちあがる。

啓太郎はそっくりかえるように打ち据える。やはり、樹里の膣は窮屈で、締めつけが強い。それに、奥のほうにざらざらした部分があって、それが刺激を与えてくる。

パチッ、パチンと肌が当たる音がして、

「んっ、んっ、んっ……」

低い声がする。ソバ殻枕でさっきより随分と抑えられている。

（よし、これなら……）

調子に乗って打ち込んでいると、すぐに息が切れてきた。

それをカバーしようと、啓太郎は前に屈んで、手をまわり込ませ、樹里の乳房をとらえた。しっかりとした乳房はすでに汗ばんでいて、中心の突起は痛ましいほどにしこりきっていた。乳首をつまんで、くりくりっと転がすと、

「んんっ、んんっ……ぁあああ、それ、いいの！」

樹里が顔を横にして、言う。

啓太郎は乳首を指でいじりながら、腰を打ちつける。

「ぁああ、ぁああああ……気持ちいい……気持ちいいよぉ」

樹里は自らも腰を振って、もっと強い刺激を求めてくる。

ならばと、啓太郎は樹里の片方の手をつかんで、後ろに引っ張った。半身になった樹里の乳房が片方だけ見える。

その状態でがんがん突くと、洪水状態の肉路がぐちゅぐちゅ、と音を立てて、

「あん、あんっ、ぁああん……すごいよ。当たってる。子宮に当たってる。がんがん当たってるぅ……やぁあああ、ぁあああ、もっと、もっと当てて！」

樹里があらかさまに言う。

どうやら、膣の奥が感じるらしい。膣の奥は経験を積んだ熟女の性感帯だと思っていたのに、この若さで奥がいいというのは珍しいのではないだろうか？

しかし、この声の大きさはどうにかならないものか？

「樹里ちゃん、お願いだから、声を抑えて」

「わかったわ」

啓太郎が打ち込みをつづけると、樹里の様子が変わってきた。

「ぁああ、ぁああ……はうん！」

がくがくっと痙攣しながら、前に倒れた。

うつ伏せになって、尻だけを高く持ちあげている。

啓太郎はそれを追って、女体に覆いかぶさった。腕立て伏せの格好で腰をつかうと、

「ああん、これもいい……どうして？　どうして、こんなに元気なの？」

樹里が顔を横にしたまま不思議そうに言う。

「……そ、そうか？」

「そうよ。ああ、わかった。優子さんとしてるからだわ。優子さん、セックス強そうだもの。優子さんに鍛えられるのね。でも、わたしだって、負けないわ」

そう言って、樹里は尻をぐっとせりあげて、くねくねさせる。

「ああ、おい、やめろ……くっ！」

膣ばかりか、尻たぶまでもが啓太郎を悦ばせる。ぶわわんとした尻肉のたわわさが、すごく気持ちいい。

「いいのよ、出して……大丈夫だから。ぁああ、樹里、イクかもしんない。イクかも……ぁあああうぅぅ」

樹里がぶんぶん尻を振る。

啓太郎としても風前の灯火である。

豊かな尻の弾力を感じながら、それを押し込めるようにして、腰を叩きつけていく。

ぶる、ぶるんと尻が揺れて、そのたわみが気持ちいい。

窮屈な肉の道も、波打ちながら、勃起を締めつけてくる。

「ダメだ。イクよ、出すぞ……くうぅぅ」

啓太郎は奥歯を食いしばって、打ち込んだ。

「あんっ、あんっ、あんっ……ぁあああ、イクかもしんない。ぁああ、それ……ぁあ
ああ、イク、イク」

樹里が枕の縁を両手でつかみ、尻だけをぐいぐいと持ちあげてくる。乳房をシーツに擦りつけ、明らかに下腹部が浮くほどに腰をせりあげて、深いところへとせがんで

くる。身体が勝手に反応しているようだ。

啓太郎ももう何も考えられなくなった。唯一あるのは、射精したい、それだけだ。

立てつづけに打ち据えたとき、それがやってきた。

甘い陶酔感が急激にふくらみ、それをぶつけるようにしてえぐり込んでいくと、

「ぁああああああ、イク、イッちゃう……ぁあああ、くっ！」

最後に生臭く呻いて、樹里が上体をのけぞらせた。

シーツを鷲づかみにして、首を持ちあげて、びくん、びくんと震える。この瞬間を待っていた。

駄目押しとばかりに打ち込んだとき、啓太郎も放っていた。

3

翌朝、三人はダイニングテーブルを囲んで、朝食を摂っていた。

カーディガンをはおって、樹里と世間話をしながら、自分の作った洋風の朝食を口にする優子は、いつもと変わらず穏やかで、やさしい。

それを見て、啓太郎は安堵した。

昨夜は、樹里の誘いに乗って、若くぴちぴちした身体を抱いてしまった。樹里は大きな喘ぎ声をあげていたから、もしかして、優子にばれているのではないか、と心配していたのだ。

優子とは結婚をしているわけでも、恋人というわけでもない。しかし、たんなる『やらせてくれる女』では、もちろんない。

彼女が田舎の夫の横暴から逃げてきた境遇への同情が、愛に変わっていた。

実際に結婚をしているわけではないが、妻のように感じている。

だったら、優子に義理立てして、樹里を抱かなければいいのではないか、と言われれば反論できない。しかし、あんなふうにせまられて、拒める男などいるのだろうか？

「そろそろ行かなきゃ……ごちそうさまでした」

樹里が立ちあがった。

「いってらっしゃい。気をつけてね」

優子も声をかけて、わざわざ、玄関まで見送りに行く。

（まるで、家族のようじゃないか……）

胸がジーンとしてきた。

かつては、女房と息子の三人でこの家で生活をしていた。だが、妻が死に、息子が巣立って独りになり、ずっと寂しさに苛《さいな》まれてきた。

それが、シェアハウスをはじめて、二人が入居し、今は家族のような生活を送っている。

優子が玄関から戻ってきた。

「今日は暖かいわね」

そう言って、リビングで、カーディガンを脱いだ。

ドキッとした。下には白い長袖《ながそで》のブラウスを着ていたのだが、その見事な胸のふくらみの頂上に、何やらぽちっとしたものが浮きでている。

(ノーブラか？　まさかな……)

今日はやけにスカートが短いことには気づいていた。タイトミニというやつで、今も、きつきつのタイトスカートが張りついて、豊かな尻の形をくっきりと浮き彫りにしている。

(……何かあるのか？)

だが、優子の素振りはまったくいつもと変わらない。

啓太郎の正面に座って、コーヒーを飲み、残りのパンを口に運ぶ。そうしている際も、ぴったりとしたブラウスを持ちあげた胸の頂《いただき》には、二つの突起が明らかにせりだしている。

それに二人きりになると、優子はやけに静かになった。いつもは、今日の夕食のことや、買い物、スケジュールなどを和気藹々《あいあい》として相談してくるのに、それがない。

(おかしいな……もしかして、昨夜の俺と樹里のことに気づいているのか?)

確かめたい。だが、それを切り出して、墓穴を掘るのは避けたい。

いつもとは違う雰囲気のなかで朝食を終えて、啓太郎は仕事部屋に向かう。

そろそろ、青色申告の〆切日が近づいている。

会計士にとってはいちばん忙しい時期だ。

デスクの前に座って、請け負っている会社の領収書などを整理していると、コンコンとドアをノックする音がした。

時計を見ると、午前十時。優子がいつものように、十時のコーヒーを持ってきてくれたのに違いない。

「どうぞ」と迎え入れる。

優子が入ってきた。手にはお盆を持ち、そこには、コーヒーとクッキーが載っている。

それはいいのだが、どうして、こんな格好をしているんだ？

優子はなぜか黒ぶちの細長いメガネをかけて、髪を後ろに束ねている。そして、ビジネススーツのような上下を着ているのだが、タイトなスカートはミニで、しかも、スーツからのぞく白いブラウスからは、完全にノーブラだとわかる豊かな乳房のふくらみと二つの突起が透けている。

朝食時の服装に、ジャケットを着ているのだ。

「お忙しいでしょうが、少しお休みください」

優子はそう言って、低いセンターテーブルにお盆を置いた。

その際、尻をこちらに向かって突き出したので、タイトミニに包まれたむちむちのヒップの形があらわになった。

しかも、後ろには深いスリットが入っていて、隙間から黒いストッキングに包まれた太腿がかなり上まで見えた。

こくっ——。

自分が唾を呑む音が、鼓膜に響いた。

回転椅子をまわして立ちあがろうとしたとき、優子が近づいてきた。啓太郎の前に立ち、

「今日は、有能な秘書になってみました。たまには、こういう格好もいいでしょ？」

にこっと笑う。

まさかの行動に驚きながらも、啓太郎は秘書のコスプレをしている優子を、格段と色っぽく感じてしまう。

「いいね、いいよ、すごく」

「よかった……」

優子が、椅子に座っている啓太郎の膝に横からお尻を乗せてきた。大きなヒップで重みをかけながら、啓太郎の首の後ろに両手をまわして、至近距離からじっと啓太郎を見る。

年甲斐もなくドキドキした。

黒ぶちメガネをかけた優子はすごく新鮮だし、目の前には乳首の透けでた白いブラウスのふくらみがせまっているのだ。優子が言った。

「よかったら、ブラウスのボタンを外してください」

「いいの？」

「はい……」

啓太郎は震える指でブラウスのボタンに手をかける。

ボタンが外れるにつれて、色白の肌と胸のふくらみが徐々に見えてくる。

やはり、ノーブラだ。三つ目のボタンからは、圧倒的な乳房の丘陵と谷間がのぞき、下まで外すと、視界が見事なふくらみに占拠された。

「いいんですよ、吸って」

「しかし……どうして、こんなことを？」

「おいやですか？」

啓太郎は強く首を左右に振る。

「だったら、いいじゃないですか？　理由なんて……」

優子がかるく腰を揺すった。すると、ずっしりした尻の重みがかかって、股間のものが頭を擡げてきた。

「ふふっ、硬くなったわ」

「ああ、あなたがこんなことをするから……」

「どうぞ」

優子が胸を突き出してくる。量感のある丸々とした乳房だが、抜けるように白い乳肌からは青い血管が枝のように走るさまが透けでている。そして、やや大きめ乳暈から、ピンクがかった薄茶色の乳首が自己主張していた。

啓太郎はたわわなふくらみを手でつかみながら、セピア色にぬめる乳首をそっと頬張った。まだ柔らかな突起を口に含むと、

「あっ……！」

優子がオーバーなほどに顔をのけぞらせて、ぐりっと尻で肉茎を擦ってきた。

「くっ……！」

どんどん硬くなってくる分身を感じながら、啓太郎は乳首に舌を走らせる。と、乳首がどんどん硬くなってきて、

「あっ、くっ……いけません。こんなところで……いけません……ぁあうぅ」

優子は、いけませんと言いながらも、胸を押しつけ、首から上をのけぞらせる。

オフィスで、上司と密事を交わす秘書――というつもりなのだろう。これまでオフィスセックスなどしたことのない啓太郎はいっそう昂ってくる。

たわわな乳房を揉みあげながら、夢中で乳首をしゃぶる。

円柱のようにしこり勃ってきた突起を上下に舐め、左右に撥ねる。

そうしながら、もう片方の乳首も指でつまみ、かるく圧迫する。押しながら、左右にねじると、

「あああ、それっ……いけない人ね。わたしの性感帯をご存知なんだから。ぁあああ、

ここを触ってください」

　優子が、啓太郎の右手をつかんで、スカートのなかに導いた。

　啓太郎は、横を向いている優子のむちむちの太腿をなぞりあげていく。

　と、途中からパンティストッキングの感触がなくなって、じかに手が太腿に触れた。俗に言う『絶対領域』の部分を撫でながら奥へと指を伸ばした。

　と、そこには、あるべき下着の感触がなかった。

　代わりにあったのは、猫の毛のような繊毛とその奥の湿地帯だった。

「ブラジャーもパンティもつけていないいんだね？」

　濡れ溝を指でなぞりながら言うと、

「ふふっ、サービス……」

　妖艶《ようえん》に微笑んで、優子が足を開く。

　と、差し込んだ手がさらに奥へと入っていって、ぬるっとしたものが指にまとわりついてきた。

「すごい濡れようだ」

「恥ずかしいわ」

　優子がうつむく。

啓太郎は右手で繊毛の奥をいじりながら、乳首にしゃぶりついた。硬くなっている突起を舌で転がし、チューッと吸っては、しごくように吐き出す。

「あんっ……ぁああ、やめてください……そんなことされると、わたし……」

「ふふっ、いいじゃないか。もっと感じなさい」

啓太郎は上司になったつもりで言う。

すでに陰唇がひろがって、内部のぬらついたものが指にからみついてくる。そこを叩くようにすると、ネチッ、ネチッ、ネチッと音がして、

「んんん……やめて……そんなこと、や……ぁあうぅ、いいのよぉ」

優子はあからさまなことを言って、膝の上で腰をくねらせる。

啓太郎がさらに二箇所攻めをつづけていると、優子が膝の上からおりた。そして、啓太郎の前にしゃがみ、ズボンとブリーフをさげる。

と、茶褐色のものがそそりたっていた。

それを見て、優子はふっと顔をほころばせ、それから、握ってゆったりとしごく。擦りながら、亀頭部にキスをし、鈴の口に似たところを舐める。

それから、唇をひろげて、亀頭部を呑み込んでいく。

「おおぅ、くっ……！」

あまりの気持ち良さに、啓太郎は天井を仰ぐ。

しばらくストロークをつづけていた優子が、ちゅるっと吐き出して、亀頭冠の出っ張りを舐めてくる。カリに舌を走らせながら、艶かしく見あげてくる。

(信じられない……!)

まさか、仕事部屋で、女にしゃぶってもらえるとは。しかも、相手は今や自分の妻的存在の優子なのだ。

優子がまた頬張ってきた。

両手は太腿の上に置いて、口だけで攻めてくる。根元から先端にかけて、ゆったりと唇でしごかれると、ジーンとした痺れにも似た快美感で、足が突っ張った。

4

優子は立ちあがって、椅子に座っている啓太郎の膝をまたいだ。

スリットの入っているタイトスカートのなかに手を入れて、啓太郎のいきりたちをつかむ。

腰を落とし、腰を前後に揺すった。

それから、切っ先を押し当てて、ゆっくりと沈み込んでくる。

勃起が熱い滾りに呑み込まれていき、

「ぁあああ……！」

優子が絞り出すような声をあげながら、啓太郎の肩につかまった。

「ぁああ、いるわ。あなたがわたしのなかにいるの……」

そう耳元で囁きながら、優子は静かに腰を振る。

啓太郎と向かい合う形で、膝に座ったまま、腰を前後に動かす。くいっ、くいっと振っては、

「気持ちいいの。気持ちいいの……あなた、あなた」

啓太郎を「あなた」と呼びながら、くなり、くなりと腰を揺らめかし、濡れ溝を擦りつけてくる。

「あなた」と呼ばれるたびに、胸がジーンと熱くなる。

優子はまさに、妻以上の存在だ。その優子がこんなしどけなく自分を求めてくれている。

啓太郎は胸のふくらみに顔を寄せた。

顔面を柔らかな肉層に埋めながらも、かちかちの乳首を吸い、舐め転がすと、

「ぁあああ、ぁあああ、いいのよぉ……」

啓太郎の肩に手を置き、いっそう激しく腰を打ち振った。

腰を後ろに引いて、前に突き出す。そのたびに、肉棹が滾った膣に揉み込まれ、その包容力と締めつけが、啓太郎を天国へと導く。

だが、まだここでは射精したくはない。

いったん離れてもらい、優子を部屋に置いてあるロングソファに座らせる。

その前にしゃがみ、足を大きく開かせる。

優子はビジネススーツを着て、ブラウスの胸をはだけている。足を鈍角にひろげさせると、スリットの入ったタイトミニがまくれあがり、すらりとした足があらわになる。

しかも、黒の透過性の強いストッキングが太腿の途中で留まり、太腿の上端部と漆黒の翳りが見えてしまっている。台形に繁茂した陰毛は濃く、つやつやとしている。

「ああ、この格好、恥ずかしいわ」

優子が顔をそむけた。

「ふふっ、そうだろうな。優子のオマ×コが丸見えだからな」

啓太郎は会社の上司になったつもりで言葉でいたぶる。

顔を寄せていって、狭間を舐めた。

両手で膝裏をつかんで押し広げながら、女陰の内側に舌を走らせると、花びらがいっそうひろがって、鮭紅色のぬめりがあらわになった。

優子の女の器官はぽってりとしていて肉厚で、細面の顔からは想像できないほどに淫らな形をしている。

啓太郎はぬれ光るところを丹念に舐め、膣口にも舌をできるだけ出し入れする。

それから、上方の肉芽をねぶりまわすと、

「あああ、ぁあああん、そこダメっ……ぁあああ、ぁあああ、恥ずかしいわ」

優子はのけぞりかえって、ソファに背中をもたせかけながら、あらわになった下腹部をぐいぐいせりだしてくる。

こうなると、啓太郎はもっと感じさせたくなる。

右手の中指と薬指を二本まとめて、膣口に押し当てた。とろとろの蜜であふれた小さな口にすべり込ませていくと、第二関節まで嵌まり込み、

「くっ……ぁああああぁ！」

優子が顔をのけぞらせた。

「おおー、すごい締めつけだ。優子さんのここは、ほんとうにいやらしい。貪欲なオ

マ×コをしているな。そうら……」

啓太郎は伸ばした指をかるく抜き差しする。ぐいぐい締まってくる膣の道を強引に行き来させると、ジュブジュブッと音がして、白濁した蜜がすくいだされ、会陰部へとしたたっていき、それがソファの表面をも濡らす。

「ぁあああ、いけません」

優子が首を左右に振る。

「どうして？」

「イッてしまう。そんなことされたら、イッてしまう」

「じゃあ、このままだな」

啓太郎はピストンをやめる。指を挿入したままじっとしていると、

「やめないで……やめないでください」

そう呟いた優子の腰がくねりはじめた。

両足を床に突いて、踏ん張りながら、ぐいぐいと下腹部をせりあげてくる。

強い刺激が欲しいのだろう。いったん引いた腰をしゃくりあげるように前にせりだし、啓太郎の指を自らの膣の感じる部分に擦りつけようとする。

台形の翳りが張りつくヴィーナスの丘が引かれ、ぐっとせりあげられる。

そのたびに、二本の指が窮屈な膣を擦っていく。

「すごいぞ。いやらしすぎる。エロすぎる。そうか、きみは一見貞淑《ていしゅく》に見えるけど、じつは、セックスが大好きなんだね。いや、貪欲なんだ。優子、いやらしいぞ」

「……いや、いや……言わないで。ぁああ、ぁあああ、止まらないの。止まらない」

図星をさされて、優子はマゾ的な気持ちをかきたてられたのか、羞恥心をかなぐり捨てたかのように、激しく大きく腰を振り立てて、

「ぁあああ、ぁうぅぅ」

右手の甲を口に当てながらも、もっと欲しいとばかりに腰を前にせりだす。

「きみは乳首も感じるんだったね。指で乳首をいじりなさい」

言うと、優子はためらっていたが、やがて、右手をおずおずと乳房に当てて、ゆったりと揉みはじめた。

大きなお椀形の乳房を荒々しく揉み、そして、乳首を親指と人指し指で挟んで、くにくにする。さっ、さっ、さっと乳首を断続的にさすり、そして、指先で乳首のトップを転がしながら、

「ぁああ、見ないで……見ないでください……もう、これ以上恥をかかせないで。お願い、生殺しはやめて。一息に突き刺して。止めを刺してください。ぁあああ、

お願いしますぅ」

優子は乳首をいじり、下腹部をぐいぐいせりあげながら、眉根を寄せ、どこかとろんとした瞳を向けて哀願してくる。

啓太郎が指を抜くと、優子は少しふにゃっとなった肉茎に顔を寄せて、フェラチオしてきた。

この歳になると、頭では昂奮していても、実際に直接的な刺激を受けていないと、勢いが落ちてしまう。それでも、愛する女に口でかわいがられると、たちまちまた力を漲らせてくる。

「いいよ、ありがとう」

そう言って、優子の足を開かせ、ぐいと引き寄せた。

やや上を向いた膣口はいまやオイルを塗ったように濡れて、ひくひくとうごめいている。

一見、上品な奥様が、いや、この場合は秘書だが、女の証《あかし》をどろどろにさせて、イチモツを欲しがっている。

(まさか、この歳になって、こんな僥倖《ぎょうこう》を味わえるとは……)

啓太郎が打ち込もうとすると、優子が言った。

「もう、樹里ちゃんとはしないでくださいね」

「……！」

身も心も固まった。

「そうか……知ってたのか？」

優子はうなずいて言った。

「あれだけ声を出されたら、普通、気づきます」

「そうか……悪かった」

「そうお思いになるなら、もう樹里ちゃんとは……」

「わかった。しないよ」

「約束ですよ。たとえ誘われても、乗ってはいけませんよ」

「ああ、約束するよ、絶対にしない……そうか、それで今日は朝からあんな格好をして、今も……」

「違いますよ。ただ、こうしたかったから……それだけです」

「そ、そうか……うん、そうだよな」

啓太郎は一応相槌《あいづち》を打つ。

優子が今日、啓太郎を誘惑したのも、樹里が原因だろう。しかし、優子はそれを認めたくないのだ。樹里ごときを相手にはしていない、そう思いたいのだろう。女のプライドというやつだ。

しかし、怒りをあらわにするのではなく、逆に抱かれることで、啓太郎の気持ちを自分に引き寄せる。その大人のやり方に、啓太郎は感動すら覚える。

「わかったよ。俺は優子さんだけだ」

そう言って、啓太郎はいきりたちを慎重に埋めていく。

体重を乗せると、それが蕩けた肉路に突き刺さっていき、

「あうっ……！」

優子が顔をのけぞらせて、背もたれに擦りつけた。

啓太郎は座面に優子の背中を乗せて、足を持ちあげながら、腰を叩きつける。

「ぁあぁうぅ……あん、あんっ、あんっ……」

優子はのけぞりかえって、後ろ手にソファをつかみ、華やいだ声を放つ。

これでは体勢が苦しいだろうと、挿入したまま、優子の身体をソファの座面に沿って仰向けにさせる。

そうして、自分は片足を床に突き、優子を抱きしめた。

頭を肘掛けに乗せた優子は、ひしとしがみついてきて、啓太郎の頭部や背中を撫で

る。その情愛に満ちたさすり方が、啓太郎を有頂天にさせる。

自分からキスをして、舌を差し込んだ。すると、優子も自ら舌をからめながら、腰を打ち振る。

その「もっとして」とせがむような腰づかいにかきたてられて、啓太郎も腰を振る。

ディープキスを交わしながら、ぐいぐいとえぐっていると、優子がキスをしていられなくなったのか、顔を逃がして、

「ぁあああ、あん、あっ、あんっ……大家さん、わたし、おかしいの。あなたと逢って、おかしくなった」

目を細めて、啓太郎を見る。

「俺もだよ。俺も同じだ。あなたに逢って、おかしくなった。この歳で女にとち狂うとは……だけど、幸せだよ。あなたとこうしていると、もう思い残すことはない」

「ダメですよ。もっと長生きして、わたしを護ってくれないと」

優子が下から潤んだ目で、見あげてくる。

胸がジーンとしてきた。

「そうだね、そのとおりだ。長生きして、あなたを護るよ」

啓太郎はまた激しく打ち込む。

でいく。

優子の片方の足をあげて、その足を抱えるようにして、ぐいぐいと屹立を叩き込んでいく。

うごめく肉路に放ちそうになりながらも、黒いストッキングに包まれた足にキスをし、さらに、しゃぶる。

ストッキング越しに親指を頬張ると、親指が恥ずかしそうにぎゅっと折れ曲がる。

舐めつづけていると、親指が伸びてきた。身を委ねてきた親指をねろねろと舐めながら、腰を叩きつけた。

すると、膣の粘膜がざわめきながら、男根にからみついてきて、啓太郎は急激に高まる。それは優子も同じようで、

「ぁあああ、あん、あんっ、あっ……もう、ダメッ……」

片手でソファの縁をつかみ、もう一方の手の甲を口に押し当てる。

「おおぅ、優子さん、気持ちいいよ。ぁああ、出そうだ」

思わず訴えると、

「ぁああ、わたしも、わたしもイク……ぁああ、今よ、ちょうだい。突き刺して。優子を貫いて……突き刺して、貫いて……ぁあああ、それ……あん、あんっ、あっ」

優子の頭がソファの肘掛けから落ちそうなまで、のけぞった。

その悩ましい喉のラインに感動しながら、啓太郎も打ち込みを強めた。

帆掛け舟の体位ですらりとした足を抱え込み、乳房を揉みしだき、やや前傾しながら打ち据える。

「おおぅ、出そうだ」

「ああ、ください……来るわ、来る……イキそう。イッていい？」

「いいぞ。そうら、イケ。俺も、俺も出すよ」

圧倒的な快美感が下半身を満たした。それにつれて、自然に打ち込むピッチもあがる。

「あん、あんっ、あんっ……ぁあああ、イク、イキます……」

「そうら、イケ！」

啓太郎がぐいと深いところに切っ先を届かせたとき、

「くっ……！」

優子がのけぞりかえった。肘掛けから頭を落とすようにして、胸のふくらみをせりあげた。

(よし、今だ！)

もう一度、腰を振ったとき、啓太郎も放っていた。

「うっ……」

と、呻きながら、さらに、腰を突き出して、下腹部を密着させる。

ドクッ、ドクッと男液を放ちながら、啓太郎はこれまで味わったことのないような至福の瞬間を味わっていた。

第四章　妻役、娘役、愛人役

1

冬の寒さも一段落して、ぽかぽかと暖かかったその日、新しい入居人が『ファミリーハウス羽鳥』を訪ねてきた。

不動産屋の調査票には、『入江紗江子《いりえさえこ》（28歳）』と記してあったが、職業の欄は空欄になっていた。

玄関に入ってきた紗江子を見て、ちょっと暗い感じの美人だと思った。

「あの……K不動産に紹介されて来た者ですが……」

長いウエーブヘアからじっとこちらを上目づかいで見るその大きな目は、どこか怯えているような、何かにすがりつきたいとでもいうような、微妙な雰囲気をたたえていた。

水商売の女が着るような派手なワンピースを着ていて、化粧も濃い。

何か訳がありそうだ。

不動産屋は、最近は訳ありで、他のところでは受け付けてもらえないような入居希望者ばかりを押しつけてくる。

だが、啓太郎はそれがいやではない。

困っている女性入居者をなかば救済感覚でここに住まわせることに、ちょっとした喜びを覚えていた。

「ああ、入江紗江子さんですね。どうぞ、あがってください」

紗江子が入ってくる。

リビングで面談した。服装の印象とは違って、なかなか礼儀正しいし、敬語もきちんとつかえる。

目鼻立ちのくっきりした艶《なまめ》かしい美人だが、美人薄命を絵に描いたような、影の薄さがどこか男心をかきたてる。

啓太郎は訊いてみた。

「なぜ、うちを？」

「名前が気に入りました。わたし、家族に恵まれなかったので、ファミリーに憧れていまして」

「ああ、それはよかった。うちは家族的だよ」

「はい……それと、じつは、借金があって……」

紗江子が顔を伏せる。長い睫《まつげ》毛が印象的だ。

「それで、高い家賃は払えないというわけだね？」

「はい……」

「それなら、事と次第ではうちはもっと安くなるよ。応相談と書いてあっただろ？」

「はい……。で、どうすれば、お安くなるんでしょうか？」

「今、二人の女性が入居しているけど、ひとりには食事を作ってもらっているし、もうひとりはエステティシャンということあって、マッサージをしてもらっている。それで、家賃は五千円だ」

「ご、五千円ですか？」

「ああ、事実だよ。お金のためにやっているんじゃないんだ。家族的な雰囲気が好きでね。みんなで和気藹々と家族のようにできれば、とそれだけなんだ。入江さんは、何かできることある？」

「あの……料理はまあまあできます。それと……そうですね。お酒を一緒に呑むっていうか、お酒のつきあいは得意だと思います」

紗江子が大きな目を向けた。ピンと来た。

「……もしかして、あなた、水商売してるんじゃないの？」

「はい、じつはそうなんです。キャバクラのホステスをしています。もともとは北関東のほうにいたんですが、借金がかさんで苦しくなって……それで、東京のお店のほうがお給料が高いので、こちらに出てきました」

「前のところでも、水商売を？」

「はい……いろいろと事情がありまして」

紗江子がぎゅっと唇を噛んだ。

啓太郎は同情していた。そして、助けてあげたいと思った。

「食事の用意を手伝ってもらって、時々、お酒をつきあってもらえるなら、家賃は五千円でいいよ」

「ほんとうに、そのお家賃でいいんですか？」

「いいですよ……ただし、あなたは帰りが遅くなると思うんだけど、他の入居者の迷惑にならないようにね」

「はい、それは大丈夫です。迷惑はおかけしません。よかった。ありがとうございます」

紗江子が心からほっとした様子を見せた。

今、紗江子には啓太郎が救世主に見えているだろう。

二階の部屋を見せて承諾を取り、契約を交わし、紗江子は入居することになった。

翌日の日曜日、入江紗江子が入居してきた。

手にしているのは大きなキャリー付きのトランク二つで、ほとんど衣装だと言う。

部屋の整理を終えて、紗江子が二階から降りてきた。

オープンキッチンで夕食の準備をしていた優子に、紗江子を新しい入居者として、紹介した。

と、紗江子がキッチンに入っていき、優子に向かって言った。

「あの、手伝います。手伝わせてください」

「あら……引っ越しで疲れてるでしょ？」

「いいんです。それに、このキッチンも共用になるわけだから、わたしもキッチンを知っておきたいんです」

「そうね……わかった。じゃあ、冷凍室に豚肉が入っているから、それを解凍してくださらない？　レンジはそこだから」

「はい……」

紗江子が冷蔵庫から肉を取り出し、レンジに入れる。使い方を、優子が説明する。

そんな二人を、啓太郎はリビングから見ている。

微笑ましくて、思わず笑みがこぼれた。

樹里は料理が嫌いなのか、レトルト食品をレンジでチンするくらいで、いっこうに料理をしようとも、手伝おうともしない。そこは、まだ十九歳だからと大目に見ている。

ちなみに、あれから樹里とは身体を合わせていない。一度、樹里が酔っぱらって啓太郎の部屋に入ってきたことがあったが、

『うちは、優子さんが妻で、あなたが娘みたいなもんだから。普通、娘とはセックスしないだろう。だから、こういうことはやめよう』

と、言い聞かせて、断固拒否した。

『やはり、優子さんが気になるんですね。わかりました。じゃあ、マッサージだけはさせてください。そうしないと、家賃を安くしてもらう理由がなくなっちゃう』

そう樹里は言って、部屋に帰っていった。

樹里は、今日は日曜日ということもあって外出しているが、新しい入居者が入ってくることを伝えたところ、夕食には帰ってくるということだった。

（しかし、いい感じだ……）

啓太郎は、二人の美女がキッチンに立っている姿を見て、うっとりしてしまう。

優子はいつもの胸当てエプロンをつけて、指示をしながらも、テキパキと料理を作っている。

紗江子はまだ寒いのに、なぜかノースリーブのフィットタイプのニットを着て、ロングスカートを穿いている。

こうして見ると、優子のほうがグラマーだ。エプロンを持ちあげている胸も大きいし、熟女の貫禄とでも言うのだろうか、全体に体つきがしっかりしている。

それに対して、紗江子は華奢な気がする。ノースリーブから突き出た二の腕も細くて、長い。

優子が三十五歳の人妻で、紗江子が二十八歳のホステス――。

その違いが体型にも出ている気がする。

（しかし、紗江子の持つこの色気は何だ？）

べつに、オッパイが大きいというわけでも、とびっきりの美形というわけではない。

なのに、男を惹きつける引力のようなものが感じられる。

そして、男はつねに、明るく健康的でしっかりとした女に惹かれるわけではない。どこか儚《はかな》さを秘めた、影のある女に心を持っていかれる場合もある。

紗江子はその典型だという気がする。

(妻にはしたくないが、愛人だったら……)

そう男に思わせるタイプである。だからこそ、ホステスをやっているのだろう。

啓太郎がテレビを見ている間に、夕食ができあがった。

「どうしますか？　樹里ちゃんがまだ来てないけど……」

優子が訊いてくる。

「クリームシチューか。だったら、先に食べはじめよう。樹里ちゃんが来たら、温めなおしてあげればいい」

啓太郎は言う。一応、ここの主人だから、優子は最終判断を啓太郎に求めてくる。それがうれしい。

三人はダイニングテーブルを囲んで、二人で作ったクリームシチューをパンとともに食べる。

「美味しい！　優子さん、お料理上手なんですね」

紗江子が瞳を輝かせた。

「そうでもないわ」

優子が謙遜《けんそん》した。

「ほんと、美味しいわ……優子さん、お料理を作り慣れてる気がする。主婦をなされていたみたい……」

悪気はないのだろうが、紗江子が言ってはならないことを口にした。

と、答えに困ったのか、優子が啓太郎を見た。

「優子さんは離婚したんだよ」

啓太郎はとっさにそう答える。まだ信頼できない相手に、優子がじつは結婚していて、家庭から逃げだしてきたなどとは、明かせない。

「そう……離婚したのよ。だから、今はひとりなの」

優子がそれに合わせる。

「こんなに料理がお上手なのに、よく相手の方が離婚に同意しましたね」

事情を知らない紗江子が、さらに突っ込んでくる。

「わたしに魅力がなかったんでしょ？　紗江子さんは、おひとりなの？」

優子が切り返す。

「はい……わたし、ずっとホステスをやってきたので。それに、すごい借金があって、東京に出てきたんですよ。東京のほうが稼げるから」

すでに、そのことは啓太郎が優子に報告してあったが、優子は初めて聞いたかのように振る舞って、眉をひそめ、

「たいへんね。頑張ってね。大丈夫よ、ここならお家賃が安いから……すぐに返せるわ」

と、紗江子を励ます。

そのとき、玄関が開く音がして、樹里が帰ってきた。

茶色に染めたボブヘアの下の大きな目をくりくりさせて、ぴちぴちのミニスカートを穿いた樹里が急いでダイニングに入ってきた。

「すみません。遅くなりましたぁ」

「いいのよ。今、食べはじめたところよ。樹里ちゃんも早く……」

優子が席を勧める。

「ああ、その前に……」

と、啓太郎は紗江子に樹里を紹介する。

ぺこりと頭をさげた樹里が、紗江子には見えないところで、啓太郎に向かって、

ペーッと舌を出した。どうやら、樹里は紗江子のことが気に入らないらしい。まだ逢ったばかりだが、何か気に食わないところがあるのだろう。相性というのがあるので、これぱかりはどうしようもない。

一方、紗江子のほうは新参者という気持ちがあるのだろう。樹里には礼儀正しく接している。

四人での食事がはじまった。

樹里も露骨に敵意を見せてはいけないと感じたのか、先程の態度とは打って変わって、紗江子にもにこにこして接している。

優子は普段から感情の揺れが少ない。いつものように、いや、新参者がいるからこそ、いつも以上に落ち着いて、二人に対処している。

だが、ここのムードメーカーは樹里なのだろう。彼女が入って、雰囲気が明るくなった。

四人でクリームシチューを啜り、パンを口にしながら、歓談する。

啓太郎は幸せだった。

これから、三人が上手くやっていけるかどうかはわからない。だが、少なくとも今は和気藹々としている。

（まるで家族のようじゃないか……）

優子が妻で、樹里が娘。では、紗江子は？

（樹里の姉、つまり長女か？　それとも、愛人だったりして……）

胸のうちでそう考えて、

（何をバカなことを言っているんだ。ここは俺のハーレムじゃないんだから）

自分を叱責する。やがて、何事もなく食事が終わり、

「あっ、わたしも手伝いますから」

と、紗江子が優子の後をついていく。それを、樹里がいやーな目で見ている。だったら、樹里も手伝えばいいのではないか、と思うのだが、どうもそういう共同作業が苦手らしい。

啓太郎はリビングでテレビを見ながら、キッチンの二人をちらちらと見る。リビングには、樹里がいる。

樹里はまだ紗江子に納得していないようだが、こんな美人三人と同じ屋根の下に住めるのだから、男としては最高ではないか。あらためて、シェアハウスをはじめてよかったと思う。

啓太郎はひとり用のソファに座っている。直角をなすところにロングソファが置い

てあるのだが、そこに、樹里が膝を組んで座っていた。

その樹里が妙な動きを見せた。

組んでいた足を解くときに、やけにゆっくりと足を動かしたのだ。ついつい、啓太郎の目はそちらに向かってしまう。

樹里はちらりとキッチンのほうを向いて、二人がまだ後片付けをしているのを確認し、静かに少しずつ足をひろげはじめた。

(おい、何をしているんだ？)

気持ちとは裏腹に、啓太郎の視線は釘付けにされてしまう。

何しろ、樹里は屈めば尻が見えそうなほどのミニスカートを穿いているのだ。じりじりと足が開くにつれて、左右の太腿の見えるところも多くなってくる。

(いかん、目をそらすんだ)

そう自分を叱責するものの、若くむちむちした内腿がひろがっていくさまは、強烈だった。

こくっと静かに生唾を呑んだ。

おずおずと顔をあげると、樹里がじっとこちらを見ていた。目が合うと、にこっとして、大きく足を開いた。

目が点になった。

ミニスカートから突き出た太腿が直角以上にひろがって、その中心に薄いピンクのパンティがそこを覆っているのが見える。しかも、パンティの布地は面積が極端に小さく、ハイレグ式に切れあがっている。

そして、V字の布地から、やわやわとした薄い繊毛がはみだしているのだ。

(いかん、こんなところを二人に見られたら……)

キッチンをうかがった。幸いにして、優子と紗江子は壁側にある食器棚のほうを向いている。どうやら、優子が紗江子に収納場所を教えているようだ。

安心して、樹里の下半身に目をやる。

と、樹里の手が基底部をなぞりはじめた。片方の足で巧みにそこを隠しながら、右手で薄いピンクのクロッチを撫でている。

(何て、大胆なことをするんだ!)

優子と紗江子のいるところで、彼女らの目を盗むようにして、啓太郎にあそこを見せつける——。

何となく、その行為に樹里の女としての意地のようなものを感じた。

樹里の顔は点けてあるテレビを見ているのに、下半身は大股開きをして、しかも、恥部を指でいじっているのだ。

（こんなものを見てはダメだ。誘惑に乗ってはダメだ）

そうは思うものの、どうしても視線をそらすことができない。

と、調子に乗ったのか、樹里がパンティをつかんで、ひょいと横にずらした。

（エッ……！）

心臓がドクッと鳴った。

パンティの横に、樹里の女性器がさらけだされている。

やわやわとした若草も、ぷっくりとした肉の唇がひろがって、鮮やかなピンクにぬめる内部がのぞいているではないか。

そして、樹里はにんまり笑いながら、もう一方の手で陰唇を広げたり、閉じたりしているのだ。

時々、キッチンの二人をうかがいながらも、身体を啓太郎のほうに向けた。

（おっ……！）

樹里のオマ×コがまともに目に飛び込んできた。

しかも、陰唇が開閉されているのだ。サーモンピンクの粘膜がそれにつれて、見えたり隠れたりして、ネチッ、ネチッという音まで聞こえてくる。

(ダメだ。見てはダメだ！)

優子は妻で、樹里は娘と決めたはずだ。

自分は意志が弱いのだろうか。いや、こんなことされて、目をそらすことのできる男がいるとは思えない。

と、樹里の指が一本、切れ目の底のほうに押し当てられた。次の瞬間、中指が潜り込んでいき、

「くっ……！」

樹里が顔を撥ねあげた。

付け根まで没した指が動きだした。ゆっくりと抜き差しされる。

(ああ、何てことを……！)

思わず、キッチンのほうをうかがった。幸か不幸か、二人はいまだにキッチンで仲良く話している。

啓太郎はふたたび、樹里を見た。

長い指が膣に入り込んで、ぬちゃぬちゃと出入りしている。長いがむっちりとした左右の足が大きく開いて、片足がソファにあがり、下腹部がいやらしくせりあがっている。

後ろに引かれた腰がしゃくりあがるようにして、前に突き出され、

「……んっ……んっ……」

樹里が顔を反らせながら、必死に喘ぎを嚙み殺している。

(もう我慢できんぞ！)

啓太郎は股間を持ちあげている肉柱を上からつかんだ。

ぎゅっとつかむだけで、戦慄に似た快感が走り抜ける。

「くっ……くっ……」

樹里の押し殺した呻きが聞こえる。

そして、差し込まれた指の動きがいっそう激しくなり、腰もそれにつれて、しゃくりあがっている。

啓太郎の勃起からも、先走りの粘液が滲んで、ブリーフを濡らしている。

(おおー、気持ちいい！)

思わずそれを握りしごく。

見ると、樹里もこちらを見ている。潤んだ瞳を向けながら、どこか愉しそうで何かに酔いしれているような悦《よろこ》びの色が浮かんでいる。

(ああ、何て女だ！)

ズボンの上から勃起をしごいたとき、

「うっ……！」

低くくぐもった声がして、樹里が顎を突きあげた。

それから、がくがくっと震えながら、うつむく。開いていた足が閉じるのを見て、啓太郎も指の動きを止めた。

それから、すぐだった。優子の声が聞こえたのは。

「大家さん、キッチンのことはだいたい紗江子さんに教えましたから。わたしがいないときは、紗江子さんに料理を頼んでください」

「あ、ああ……わかった。そうするよ」

そう返事をした後、ふたたび目をやると、樹里は何もなかったようにテレビを眺めていた。

2

しばらく四人での疑似家族的生活がつづいた。

今のところ、優子の所在が夫の武井にばれたという兆候はない。最初のうちはどこか怯えていた優子も、落ち着いた状態がつづいて、もしかしてこのままここで生活を送れるのではないかという希望を持ったのだろう。

時折見せた不安に満ちた顔も見せなくなった。

そんなとき、啓太郎は紗江子の勤めているキャバクラに行くことになった。

紗江子が、今日は客が少なそうだから、店に来てほしいと言うのだ。絶対に一万円ぽっきりしか取らないと言う。

啓太郎も、これまで、紗江子の客への営業がいかに大変かをこの目で見てきた。

紗江子はだいたい夕方から同伴をし、店に出勤する。

啓太郎はその時間だけちょっと媚《こ》びを売って接待すれば、信じられないほどのお金がもらえるのだから、ホステスなどちょろい商売だと思っていた。

ところが、そうではなかった。

紗江子は出勤する前も、たとえリビングに降りてきていても、絶えずお得意様にメールを送ったり、電話をしたりして、営業をしていた。

土日にもお得意様から突然、電話がかかってきて、個人的に食事につきあわされたりすることもあった。

（そうか……ホステスというのは神経をすり減らす仕事なんだな）

その大変さがわかってきていたがゆえに、

「お客様が少ないから、助けると思っていらしてください」

そう懇願されると、断れなかった。

一応、優子に打診したところ、「行ってあげたらいいわ。紗江子さんのためにも」と賛成をしてくれた。

紗江子はよく料理を手伝ったり、家事もこなすので、優子も彼女を妹分としてかわいがっているようだった。

行きがけに仕事の打ち合わせが入って、家を出るのが遅くなった。

紗江子が勤めているクラブは駅前の一等地にあった。

小さな雑居ビルの五階にあがっていくと、そのフロア全体が店になっていて、黒服に紗江子を指名して席についた。

紗江子が言っていたように、客は少なかった。

すぐに、やってきた紗江子を見て、目を見張った。胸のひろく開いたセクシーなミニ丈のドレスを身につけていた。ペパーミントグリーンのぺらぺらのワンピースドレスだが、ノースリーブなので二の腕がセクシーで、太腿も悩殺的だ。

「いらしていただけたんですね。ありがとうございます」

席に座って、頭をさげた紗江子の胸元から、予想以上に丸々とした乳房がのぞいて、ドキッとした。

「ああ、約束だからね」

啓太郎はあまりこういうところは好きではない。もともと、水商売の雰囲気が得意ではないのだ。

したがって、彼女が一生懸命接待してくれても寛げない。彼女が席を離れている間もヘルプの若い女の子が相手をしてくれたのだが、どうにも雰囲気に馴染めない。

閉店の時間が来て、帰ろうとすると、紗江子が「アフターにつきあってください」と言う。紗江子と二人なら、と思い、了承した。

指定されたカラオケボックスの個室で待っていると、紗江子がやってきた。

紗江子はコートを脱いで掛けるなり、

「ああ、疲れた……」

長いウエーブヘアをかきあげて、啓太郎にぴたりと身を寄せてくる。

ノースリーブのひんやりした二の腕と、グリーンのワンピースドレスを持ちあげた胸のふくらみが啓太郎に押しつけられる。

優子と較べて、身体のボリュームには欠ける。だが、艶かしさのオーラが滲んでいて、それが、逆に啓太郎を警戒させた。

お酒もだいぶ回っているのだろう。シェアハウスにいるときとは、態度も雰囲気も違う。もしかして、酒に酔うと性格が変わるタイプかもしれない。

啓太郎は釘を刺す。

「いつもと態度が違うなぁ」

「そうですか？　家ではいい子にしているんだから、こういうときくらいは、リラックスしてもいいでしょう？」

大きな目で啓太郎を見て、ますます身体を寄せてくる。

「わたし、小さい頃に父と別れているから、ファザコンなんですよ。こうしてると、すごく安らぐ」

色っぽくしなだれかかられると、啓太郎の父性が目覚めたのか、いい子いい子したくなる。

と、そこで啓太郎がついさっきリモコンで予約しておいた曲の前奏が流れた。古い演歌である。演歌というより、人生の応援歌だ。

啓太郎はマイクを握って、歌いだす。

紗江子はおそらく反射的だろう、手拍子をはじめた。

（うん、いい感じじゃないか）

啓太郎が調子に乗って歌っていると、紗江子の手が太腿に添えられた。ズボンの太腿に手を置いて、拍子を取っている。

気になったが、歌いつづける。すると、その手が這いあがってきて、股間のふくらみをかるく叩いてきた。歌に合わせて拍子を取りながら、時々、ふくらみをさすってくる。途中から、明らかな愛撫目的で股間を撫でてきた。

「ああっ」と胸のうちで喘いだが、啓太郎は歌いつづける。

と、紗江子が前に屈んだ。

ズボンのベルトをゆるめ、そこから、右手を押し込んできた。

「くっ……！」

ひんやりした指がじかにイチモツに触れて、思わず声が出る。と、その呻きをマイクが拾った。エコーをかけているので、余計に恥ずかしい。

だが、分身はそんな気持ちときは裏腹に、力を漲《みなぎ》らせてくる。

ズボンのなかで、勃起しはじめたイチモツをしごかれた。

「くっ……おい、やめ……くっ」

止めようとする声が、またエコーをともなって響く。

「大家さん、まだ三番が残っているわ。歌ってください。大家さんの声、とってもセクシー」

紗江子が見あげて、にこっとする。

乱れたウエーブヘアから大きな目がのぞいている。アーモンド形のその目が悪戯《いたずら》っぽく光り、その半分はにかんだような表情がひどく色っぽい。

カラオケの個室でこんな大胆なことをされたのは、初めてだ。

大いにとまどった。しかし、曲が流れているのに歌わないということを、もったいなく感じてしまい、思わず歌詞を追ってしまう。

と、紗江子が大胆にもズボンを引きおろした。ブリーフとともに膝までさげられて、イチモツがさらけだされる。

次の瞬間、頰張られていた。

「おっ、くっ……！」

温かくてぬるっとした口腔に包まれて、歌詞が頭から飛んだ。

「やめなさい……やめ……うっ！」

柔らかな唇が上下にすべって、肉棹をしごいてくる。

いくら何でも、これ以上は歌えない。

マイクを置いて、もたらされる愉悦《ゆえつ》に酔った。

すると、紗江子は肉棹の根元を握り、ぎゅっ、ぎゅっとしごきながら、亀頭部のくびれに唇をまとわりつかせてくる。

気持ち良すぎた。

垂れさがった髪の毛が、さわさわと股間を撫でてくる。

そこで、ふと思い出した。

「カラオケボックスって、監視カメラがついてるんじゃないのか？」

紗江子の耳元で訊ねた。

と、いったん肉棹を吐き出して、紗江子が言った。

「ここは、大丈夫。一応ついているけど、実際は稼働していないから。それにドアの窓は小さいから、なかは見えづらいわ。あと、ここ二時間使用できるようにしてありますから」

「二時間……？」

「そうですよ。二時間、密室です」

そう言って、紗江子がまた唇をかぶせてきた。

（もしかして、最初からここをホテル替わりに考えていたのか？）

などと思っている間にも、

「んっ、んっ、んっ……」

唇でいきりつたものを激しくスライドされて、快感がひろがってくる。だが、その前に確かめておきたい。

「どうして、こんなことを？」

紗江子が屹立を吐き出して、じっと啓太郎を見た。

「ファザコンだって言ったでしょ？　それに、大家さん、優子さんとアレでしょ？　アレ、してるでしょ？」

「いや……」

と、啓太郎はシラを切る。

「ウソ。絶対してますよね。この前、大家さんの部屋から、優子さんのあのときの声がしてたわ」

ちょっと前に、ひさしぶりに優子を抱いた。静かにしたつもりだったのだが、そうか、聞かれていたのか――。

「わたし、人のものが欲しくなってしまうんです」

紗江子が言って、目を伏せた。長い付け睫毛《まつげ》が音を立てて、ぱちぱちと開閉する。

（それって、まさに愛人タイプってことじゃないか……）

ある意味、考えていたとおりの展開になって、うれしいような、心配なような複雑な心境になった。

「でも、大丈夫ですよ。ここなら、優子さんにも絶対にわからないわ。大家さんだって、優子さんだけじゃ、飽きるでしょ？」

「いや、それはないよ」

「ウソ……男の人ってみんなそうですよ。元カレもそうだったわ。大家さんもご自分に素直になられたほうがいいですよ。このこと、絶対に誰にも言いませんから。ホステスって口だけは堅いんですよ」

ちょっと悲しそうな目でそう言いながら、紗江子はデコレーションされたマニキュアの光るほっそりと長い指で、茎胴をしごいてくる。

「優子さん、何か秘密をお持ちなんじゃないですか？　わかるんです。ホステスをしていると、人を見る目が養われて……でも、安心してください。わたしはそれも絶対に口外しませんから」

薄い唇の端をスッと引きあげて言い、紗江子が啓太郎の手をスカートの奥へと導いた。

肌色のパンティストッキング越しに太腿の奥の柔らかな部分を感じた。

と、紗江子は下腹部をせりだして、啓太郎の手のひらに押しつけてくる。そうしながら、右手では勃起を擦りつづけている。

(やはり、紗江子は優子の妹分なんかではなく、愛人タイプだったか……)

啓太郎を制していたタガが外れていく。

「これが欲しいわ」

紗江子が潤んだ瞳を向けて、せがんでくる。

明らかな誘惑である。しかし、今の啓太郎はその誘惑に乗りたい気分だった。紗江子が愛人タイプであったことがわかり、気分が昂揚していた。

ドアの曇りガラスから廊下を見て、誰も覗いている人がないことを確かめ、ソファを降りて、紗江子の前にしゃがんだ。

膝を持ちあげて開かせると、短いスカートのなかに、肌色のパンティストッキングに包まれた下半身があって、そこからシルバーのパンティが透けて見える。

「ああん、もう……」

紗江子が足を閉じようとする。それをもう一度開かせ、片方の足をソファに乗せる。

あらわになった股間にしゃぶりついた。

舐めると、パンティストッキングの感触があって、

「あああ、んんっ……ぁあああんん、気持ちいい」

紗江子が顔をのけぞらせた。

仄《ほの》かな香水のなかに、女の生々しい性臭が感じられ、ぐにゃりと沈み込む部分が、啓太郎をかきたてる。

百八十度近くご開帳された股間と鼠蹊部を舐めつづける。そこが唾液を吸って湿り、色が変わった。そして、シミになった基底部に、パンティの縦の窪みが浮かびあがった。

カラオケルームには、啓太郎が入れておいた昔のブリッコアイドル歌手の楽曲が流れはじめた。

ふと、思いついて訊いた。

「紗江子さん、これ歌える？」

「大好きな歌です」

「じゃあ、歌って……その間、舐めつづけるけど、やめてはダメだよ」

「ふふっ、やっぱり。大家さん、絶対にエッチな人だって思っていました」

紗江子が口角を吊りあげて、テーブルの上のマイクを握った。

前奏が終わって、歌いはじめる。八十年代の代表的女性アイドル歌手の淡いラブソングを、紗江子が歌う。声が伸びるし、なかなか上手い。歌い慣れている。おそらく、客のオジサマたちを喜ばせるために、よく歌うのだろう。

啓太郎はパンティストッキングとパンティに手をかけて、一気に引きおろし、ハイヒールの足先から抜き取っていく。

両膝の裏をつかんで持ちあげながら開かせると、I字形にきれいにととのえられた翳《かげ》りとその下の女の園が目に飛び込んできた。

「恥ずかしいわ」

紗江子が、マイクから口を離して言う。

自分から誘っておいて、恥ずかしいはないと思うのだが、紗江子の表情はほんとうに羞恥を感じているようにも見える。そして、このちょっと目を伏せてはにかむような様子がかわいかったりする。

「歌って」

非情に言う。

紗江子が悲しそうな顔をしながらも、ふたたび、マイクに向かって歌いだす。

今だとばかりに、啓太郎は剝き出しの花芯を舐める。

陰唇はきれいな左右対称だが、内部はすでに男を欲しがっていた。複雑な肉襞の重なりから大量の蜜があふれて、ぬらぬらと誘うように妖しく光っている。

顔を寄せて、狭間をぺろっと舐めた。

『あなたについてゆきたい』と歌っていた紗江子が、

「あんっ……！」

と喘いだ。なおも、啓太郎はクンニに拍車をかける。

「ぁああ、ダメ……歌えません」

「どんなに感じても、歌いつづけるんだよ。できなかったら、バツを与えるからね」

調子に乗って言い、今度はクリトリスを攻める。

笹舟形にひろがった亀裂の上方に、ぽつんとせりだしている肉の芽にちろちろ舌を走らせる。さらに、かぶっていた帽子を脱がせて、現れた赤珊瑚色のポリープにも小刻みに舌を打ちつけると、下半身がくねりだした。

『泣きそうな気分に……』

と歌っていた紗江子が、「ああん」と喘いでマイクを握りながら、さかんに腰を振る。もう我慢できないとでも言うように、下腹部をぐいぐいせりあげ、横に振って、

「ぁああ、そこ、弱いの……ダメ、ダメ、ダメっ……はうぅぅ」

マイクを口の前から外して、紗江子は顔を大きくのけぞらせた。

啓太郎がなおも、敏感な突起を舌で転がすと、

「ぁあぁ、ぁあああぁ……ダメ、ダメ、イッちゃう！」

紗江子は大きく足をひろげ、あらわになった下腹部を上下に打ち振った。長い太腿がぶるぶるっと痙攣している。

膣口からどばっ、どばっと米のとぎ汁のような粘液がこぼれて、ソファにしたたっている。

きっとこうしてほしいのだろうと、啓太郎は右手の中指を一本、膣口に差し込んだ。

ぬるっと入口が中指を呑み込んで、

「あうぅ……！」

紗江子はまるで男根を打ち込まれたときのように顔を撥ねあげた。

びくびくっと膣肉が指を食いしめてくる。

なかはとろとろだった。

差し込んだままじっとしていると、焦れたように腰が動きはじめた。

両足を床について踏ん張りながら、翳りが張りつく下腹部をしゃくるように突き出し、

「ぁあぅ、恥ずかしい……はうぅぅ」

と、紗江子は洩れている声を、右手の指を噛んでこらえた。

すでに楽曲は終わっていた。

思いついて、啓太郎はテーブルに置いてあったマイクをつかんだ。

マイクが充分にその音を拾える距離まで近づけて、下腹部に押し込んだ中指を出し入れしながら掻《か》きまわす。

「ああ、何してるの？」

紗江子が目を大きく見開いて、マイクの押し当てられた箇所を見ている。

「こうするんだよ。さっき、歌えなかったらバツを与えると言っただろ？」

啓太郎が激しく指を動かすと、
チャッ、チャッ、ネチッ、ヌチュ——。

淫靡な音をマイクが拾って、それが個室に拡大され、

「あああ、いや、いや、いや……しないで。恥ずかしい……こんなの、恥ずかしすぎる……いや、いや……」

紗江子は最初抵抗していたが、啓太郎が中指を上に向けて、入口から数センチの天井、すなわちGスポットを叩くと、

「やっ、やっ……あっ、ぁあああうぅ、ズルい……そこ、ズルい……ぁああ、ぁあああああ、ダメぇ……あっ、あっ……」

ズルいと言いつつも、紗江子は自分もさかんに腹部をせりあげて、顔を大きくのけぞらせる。

チャ、チャ、チャッ――。

スピーカーから、いやらしい水音が流れ、それは当然、紗江子の耳にも届いているはずで、ついに紗江子は両耳を手で覆って、いやいやをするように首を振った。

3

啓太郎は前から、カラオケルームでやってみたかったことを決行することにした。

指を抜いて、紗江子の前に立ちあがった。

いきりたっている肉の柱をちらっと見て、紗江子がびっくりしたように目を丸くした。おそらく、啓太郎のイチモツが雄々しくエレクトしていることに驚いたのだろう。

啓太郎自身も驚いている。

少し前までは排尿器官に堕《だ》していた不肖のムスコが、今は若者のようにそそりたっている。

これも、やはり、したいことをしているからだろうか。

何をしてほしいのかわかったのだろう、紗江子はそれに手を伸ばそうとして、思いついたように、グリーンのワンピースから腕を抜き、押しさげた。

シルバーの光沢のあるハーフブラが意外にたわわな乳房を押しあげている。背中のホックを外して、ブラジャーを肩から抜き取っていく。

こぼれでた乳房はちょうどいい大きさで、しかも、円錐形に張りつめている。茶褐色にぬめる乳暈《にゅううん》からせりだしている乳首が完全に勃っていた。

ちらっと啓太郎を見あげて、紗江子が顔を寄せてきた。

座ったままではやりにくいのか、床に降りて、下から裏筋を舐めあげてくる。

幾度を裏側に舌を這わせ、それから、ぐっと屈んで、皺《しわ》袋をあやしてくる。

乳房を剝き出しにした美女が、カラオケボックスで睾丸を舐めてくれている。

こういうのをまさに、男の贅沢と言うのだろう。

なめらかに動く舌が睾丸を丁寧になぞり、さらに、もっと奥のほうにまでさがってきた。

信じられなかった。紗江子は会陰部まで舐めてくれているのだ。

そうしながら、屹立を握ってしごくことを忘れない。

舌が這いあがってきた。裏筋を舐めあげてそのまま亀頭部を頰張ってきた。

急がずに、ゆったりと慎重に唇をすべらせる。

そのスローでやさしい頰張り方が、熟年の啓太郎にはむしろ気持ちがいい。

うっとりとして、身を任せた。

と、紗江子は両手を啓太郎の尻に当てて引き寄せながら、ぐっと喉奥まで屹立を招き入れる。

ごく普通サイズの肉柱が、余すところなく女の口腔に包み込まれている。

啓太郎はうっとりと目を閉じて、その包み込まれる心地よさを味わった。

随分と長い間、紗江子はそれを根元まで頰張っていた。

それから、ゆったりと顔を振って、満遍なく快感を与えてくれる。

下を見ると、紗江子の口が大きくひろがって、その下にあらわになった乳房が見える。先っぽがもの欲しげにせり出しているのを見て、たまらなくなった。

啓太郎は両手を下に伸ばして、その乳首をいじった。

勃起したペニスのように硬くなった乳首を指でくりっ、くりっとこねると、乳首がねじれて、

「うっ……うっ……！」

紗江子が咥えながら、眉をハの字に折って、見あげてくる。

その悲しさをたたえた切れ長の目がセクシーで、男心をかきたてる。

啓太郎はなおも乳首を指腹で圧迫し、トップをくすぐる。ぎゅっとつまんで引っ張りあげると、

「ぁあああ、もうダメっ……これが欲しい」

ちゅるっと肉棹を吐き出して、紗江子が訴えてきた。

啓太郎ももう早く打ち込みたくてしょうがない。

紗江子をソファにあげて、四つん這いにさせた。

スカートをまくりあげると、ぷりんっとしたヒップがこぼれでた。

大きくはないが、満遍なく肉のついた美しい尻である。その尻たぶの狭間に、茶褐色のアヌスが息づき、その下に、女の祠《ほこら》が小さなとば口をのぞかせている。

啓太郎はソファにあがり、いきたつものを上から押さえ込んで、切っ先を狭間に押しつけた。

ぬるぬるとした粘液が滲むそこに、慎重に沈み込ませていく。

と、女の祠が硬直を包み込んできて、さらに腰を突き出すと、ぐぐっと根元まで嵌《は》

まり込んで、

「ぁああっ……！」

紗江子が顔を撥ねあげた。

（おおぅ、からみついてくる）

ねっとりとした粘膜がうごめきながら、啓太郎の分身を締めつけてくる。

やはり、ここはカラオケボックスであるというせいか、気持ちが逸る。

すぐに腰を振っていた。

くびれているウエストをつかみ寄せて、ゆったりと腰を突き出していく。と、屹立が窮屈な肉の道を押し広げていき、

「あっ……あっ……ぁあああ、気持ちいいです」

紗江子がソファの縁をつかんで、顔をのけぞらせる。

啓太郎はのけぞるようにして、屹立を叩き込んでいく。パチッ、パチンと音がして、

「くっ……くっ……」

紗江子が洩れかかる声を必死に押し殺している。

前には、カラオケのモニターが、部屋の外の廊下には、人が歩いている気配がする。

そんななかで、女性と繋がっている……。

もっと実感したくなって、前に屈み、手をまわし込んで乳房をとらえた。

すでに、乳房は汗ばんでいた。そして、揉むほどに柔らかく沈み込んで、指にまとわりついてくる。

柔らかな感触のなかで一点だけ、硬くしこっているところがあって、それをつまんで転がすと、

「ぁあああ、それ……あっ、あっ、ぁあああんん」

紗江子はソファを鷲づかみにして、もっと欲しいとばかりに腰をぐいぐい突き出してくる。

こうなると、啓太郎も昂奮してくる。

紗江子の上体をぐっと起こし、後ろから両手で乳房をつかんだ。むんずと乳房を鷲づかみにして、斜め下から女の園を突きあげた。

と、紗江子は後ろ手に啓太郎の首に手をまわし、

「あんっ、あんっ、あんっ……ぁあああ、気持ちいい。気持ちいいのよぉ」

腰から下を突き出してくる。

啓太郎も気持ちがいい。有頂天になっていた。

だが、きつい姿勢をしているせいか、だんだん息が切れてきた。

それに、やはり最後は顔を見ながら、イカせたいし、自分もイキたい。

啓太郎はいったん離れ、紗江子を仰向けにソファに寝かせた。そして、片足を持ちあげて、蜜まみれのものをふたたび打ち込んでいく。

「ぁあああ……いいの！」

紗江子が顎を突きあげた。

持ちあげた片足を曲げさせて、体重を乗せながら、ぐいぐい突いた。

と、紗江子は両手をあげて、肘掛けを後ろ手につかみ、

「あんっ、あんっ、あああん……」

心から感じている声を張りあげる。

すでに、ここがカラオケボックスであることも頭から消えてしまっているに違いない。

啓太郎のほうも、愛する優子に対して申し訳ないという気持ちが、今は頭から消えていた。

上体を立てて、紗江子の両足を膝から折り曲げ、その間に屹立を叩き込んでいく。

ソファが揺れて、押し返してくる。

喘いでいる紗江子は、まるで泣いているかのように眉根を寄せて、顎をせりあげて

いる。

泣き顔が似合う女だと感じた。

どこか幸の薄い雰囲気を持った女だ。寂しい人生を送ってきたに違いない。だからだろうか、男の支配欲のようなものをかきたててくる。

「ああ、大家さん、抱いて……わたしを離さないで。しっかり抱いていて」

紗江子が求めてきた。

やはり、ファザコン的なところがあるのかもしれない。

啓太郎は前に倒れて、紗江子を抱きしめた。

「ぁああ、大家さん、幸せよ。ずっと、こうしていたい」

紗江子がしがみついてくる。

だが、じっと抱いているうちに、また欲望がせりあがってきたのか、紗江子が腰を揺らしはじめた。

啓太郎の腰に足をからめて、恥肉を擦りつけてくる。

啓太郎はフィニッシュしたくなって、腕立て伏せの形になった。

目の前で、せりだしている乳首に顔を寄せた。舐めて、吸う。それを繰り返していると、もう紗江子はイキたくてしょうがないといった様子で、濡れ溝をぐいぐい押しつけてくる。

啓太郎は顔をあげて、乳房を揉んだ。桜色に染まっている乳房をつかみ、揉みしだきながら腰をつかった。

すると、紗江子はもう昇りつめる寸前なのか、

「ぁあああ、ぁあああああ……大家さん、イキそう。紗江子、イクわ……」

のけぞりながら、さしせまった様子で言う。

啓太郎ももう体力の限界だった。

乳房を鷲づかみにしながら、腰を振った。

ソファが軋み、「あん、あん、あん」と紗江子が喘いだ。

表情が見えないほどに顔をのけぞらせ、啓太郎の腕をぎゅっとつかんで、胸をせりあげている。

足を大きくM字に開いて、啓太郎の屹立を深いところに導き入れる。

よく締まる膣肉がざわざわと波打ちながら、肉棹にからみついてくる。

啓太郎も限界を迎えつつあった。

「おおぅ、紗江子さん、出すよ。いいのか?」

「はい……大丈夫。出して……なかに出して……ぁあああ、いい。あんっ、あんっ、

あんっ……ぁああああああああ、来るぅ！」

紗江子の乳房が縦に激しく揺れるのを見ながら、啓太郎も最後の力を振り絞った。

ぐいっ、ぐいっ、ぐいっとたてつづけに打ち込むと、亀頭冠に扁桃腺に似たふくらみがからみついてきて、にっちもさっちも行かなくなった。

「おおぅ、イケ！」

啓太郎はスパートした。歯を食いしばって、屹立を深いところへ送り込んだとき、

「イクぅ……くっ！」

紗江子がのけぞりかえった。

後頭部をソファにめり込ませるようにして、がくっ、がくっと震えている。

それを見て、啓太郎は駄目押しの一撃を叩き込む。

ぐいっと奥まで届かせたとき、温かいものがしぶいた。

「おっ、くっ……！」

脳天にまで駆け抜けていくような射精感で、尻が勝手に震えている。

精液を放つときの、この目眩《めくるめ》くような快美感――。

出し尽くして、啓太郎はがっくりと紗江子に覆いかぶさった。

ぜいぜいと切れた息がちっとも戻らない。

しばらくそのままぐったりしていると、紗江子が頭を撫でてきた。

「大家さん、すごく良かった」

耳元で囁かれて、啓太郎は照れた。

「座ってください。わたしがきれいにしてあげる」

言われて、啓太郎は結合を外し、ソファに足をひろげて座った。

すると、紗江子がその前にしゃがみ、お掃除フェラをはじめるのだった。

第五章　連れ去られた人妻

1

季節は春を迎え、『ファミリーホーム羽鳥』の四人は平穏な日々を過ごしていた。

紗江子とはあれから、セックスはしていない。

カラオケボックスでの紗江子との刺激的なセックスは、啓太郎にとって忘れられないものになった。しかし、だからと言って、紗江子との関係をつづけていけば、やがて露呈して、せっかく築きあげたシェアハウスでの疑似家族がぎくしゃくしてしまうだろう。

だから、啓太郎は心を鬼にして、それ以降の紗江子の誘いを断った。

紗江子も自分で言っていたように、この家族の一員でありつづけたかったのだろう。

愛人気質を抑えるのは大変だっただろうが、それはおそらく一度、啓太郎を寝取ったことで満たされているのだろう。

桜がほぼ満開になったその日の午後、啓太郎と優子は昼食を終えて、ダイニングテーブルでお茶を飲んでいた。

咲き誇る桜に元気づけられて、啓太郎は思いつづけてきたことを、口に出した。

「優子さん、ちょっといいか？」

「はい……大丈夫ですよ。でも、何か怖いわ……」

啓太郎の決意を感じたのだろう、優子の顔に不安の色が浮かんだ。

「あなたがここに来て、もう二カ月経った。そうだよね？」

「はい……ここに住めて、ほんとうによかったと、つくづく思います」

「最初は、秋田のダンナがあなたをさがしにくるんじゃないか、と心配だった」

「……わたしもそうです」

「でも、まだ現れない。それでだね……どうだろう、いっそのこと、正式に離婚してしまったほうがいいんじゃないかと思ってね」

優子が長い髪をかきあげて、切れ長の目でじっと啓太郎を見た。

「わたしもそうしたいです。離婚できたら、それにこしたことはありません」

啓太郎は「よしっ」と心のなかでガッツポーズした。

「で、だね。もし、離婚できたらだけど……そのときは、あの、その……」

啓太郎は言いよどむ。

優子は目をそらせずに、じっと啓太郎を見ている。その熱い視線に背中を押され、思い切って言った。

「その……俺と、け、結婚して……」

最後まで言い終わらないうちに、優子が手を伸ばして、啓太郎の口を押さえた。

首を左右に振って、

「それはまだ早いです。すごくうれしいですけど……まずは、区切りをつけてからの話にしていただけませんか？」

「あ、ああ……そうだね。うん、悪かったね。俺の勇み足だ」

「でも……お気持ちはすごくうれしいです。そのためにも、わたしが自由になれるように動いてみますね」

優子が優雅に微笑む。

「そ、そうしてみてくれないか？　もちろん、俺にできることは何でもするから」

言うと、優子がうなずいた。

うれしいような、しかし、完全なプロポーズをできなかったことで、ちょっと残念なような気持ちだ。

だが、これがキッカケになって、優子が離婚に踏み切ってくれれば――。

そのときはそう思った。しかし、この発言が軽率だったと気づいたのは、その二週間後だった。

ぽかぽかと暖かかったその日、啓太郎は優子が書いたメモを持って、買い物に出かけた。

自転車のカゴにレジ袋に入った大量の野菜や肉を詰め込んで、家に帰ってくると、家の前に黒塗りの外車が停まっていた。

（えっ……！）

いやな予感がした。急いで、自転車を停める。

家に入っていこうと玄関に近づくと、優子が出てくるところだった。来るときに持っていたトランクを転がしている。そして、ジャンバーを着たヤクザ風の男が二人左右についていた。

すぐに、頭に浮かんだのは、優子が連れ戻されようとしているに違いない、という思いだった。おそらく、この二人は秋田の武井家からの使いだろう。

居場所が見つかってしまったのだ。

「大家さん……！」

優子が啓太郎に気づいて、何かを訴えるような顔をした。

「……優子さんを放しなさい！」

啓太郎は駆け寄った。いざとなると、到底無理だとわかっていても、体が動くものらしい。

優子の腕をつかんでいた男たちの手を振り払おうとしたとき、ドンと大柄な男に片手で突き飛ばされた。

相撲取りの突っ張りを胸板に受けた素人のように、啓太郎は後ろに吹っ飛んだ。庭の地面にしたたかに背中を打ちつけて、鈍い痛みが走った。

「笠原《かさはら》、やめて！」

優子が巨体の男をにらみつけた。

「すみません……」

笠原と呼ばれた男が恐縮した。

「この手を放して！　放しなさい！」

優子が二人の手を振り払って、啓太郎に近づいてきた。どうやら、秋田の実家では二人より優子の地位が上のようだ。

優子が啓太郎を立たせて、耳元で言った。

「武井に見つかりました。わたしがいけないんです。離婚届けを郵送したとき、消印からこのへんだとわかったようで……」

「離婚届けを出したのか？」

「はい……はっきりとさせたかったものですから」

きっと、啓太郎が離婚をせっついたせいだ。啓太郎は強い責任を感じた。

「迷惑がかかるので、いったん、戻ります。でも、はっきりさせて、正式にあの家を出てきます。待っていてくださいますか？」

優子が切れ長の目を向ける。大きな目の奥には、強い意志が感じ取れた。

「もちろん、待ってるよ……何かできることはないか？」

「ありません、たぶん……食事は、紗江子さんに作るように、置き手紙で頼んであります。それと……お掃除は、樹里ちゃんに……」

そのとき、自動車のドアが開いて、スーツを着た太った男が出てきた。

スキンヘッドで赤ら顔をしているが、貫禄がある。

「優子、内緒話などしてるんじゃない。早く、乗れ！」

傲慢な言い方をする。

この男が優子の夫である、武井重蔵なのだろう。

場に緊張が走り、二人の男が優子を引っ張っていき、車の後部座席に乗せた。

重蔵が近づいてきた。

「あんたが大家の、羽鳥さんだね？」

ぎろりと細い目でにらみつけてくる。言い方は穏便だが、視線は鋭い。

「ああ、そうだ」

啓太郎は突っ張る。ここで弱いところは見せたくない。男の意地というやつだ。

「うちのが迷惑をかけなかったかね？　あまり金を持っていなかったはずだが」

「いや、きちんと家賃はもらっていますよ」

「ほお……じゃあ、お金は必要ないね」

「要りません。これは、余計なお世話かもしれないが、優子さんはあなたから逃れたがっている。自由にさせてやったら、どうです」

重蔵の強い眼光に気圧《けお》されつつも、啓太郎はなおも突っ張る。

と、重蔵があざ笑った。

「あんた、うちのに惚《ほ》れたか？」

「……そういう問題じゃない」

「うちのに骨抜きにされたか？　抱いたか、優子を？」

図星をさされて、啓太郎はギクッとしつつも、シラを切る。

「何を言ってるんだ。バカなことは言わないでくれ」

「どうだかな。いずれにしろ、あんたはもう優子と二度と逢うことはない。残念だな……優子を思って、センズリでもこいているんだな。じゃあ、失礼」

重蔵はくるりと踵《きびす》を返して、外車の後部座席に乗り込んだ。

真ん中に座っている優子に何か言って、キスをせまる。それを、優子が顔をそむけて、逃れた。重蔵が肩を抱き寄せて、またキスをせまる。

それを見ているうちに、嫉妬心と怒りがむらむらと込みあげてきた。

近づいていくと、車がスタートした。

リアウインドーから見える優子の姿が遠ざかっていく。気づいたとき、啓太郎はその後を懸命に追っていた。

だが、追いつけるわけがない。

車が角を曲がって、見えなくなったとき、足が止まった。はあはあと肩で息をしながらも、啓太郎は両手を膝に置いた。

悔しさが一気に込みあげてきた。
その夜、事情を知った樹里と紗江子が憤懣《ふんまん》やる方ない様子で、優子を連れ去って
いった武井のことを罵っていた。
「サイテーじゃん！」
と、専門学校から帰ってきた樹里が、顔も知らないはずの武井に怒りをぶつける。
「やり方が汚いわよ。優子さんの気持ちも聞かないで。いやね、自分を何様だと思っ
ているのかしら」
店に出る前の紗江子が、眉をひそめる。
「情けないよ、何もできない自分が」
そう呟いて、啓太郎はぎゅっと唇を噛みしめる。
「優子さんの書き置きを見ました。自分がいなくなって、大家さんの食事が困るだろ
うから、わたしに作ってくださいって……大家さんの好きな料理から、苦手な食材ま
で書き出してあった。あんないい人、いないですよ」
紗江子が乱れた髪をかきあげて、虚空を見た。
「そうよ……優子さん、気づかいもできるし、わたしのこともいろいろと見逃してく
れたし。すごい度量がひろいのよ。同性から見ても、あんなステキな女、いないわ。

お母さんみたいに世話も焼いてくれたし……あの人がいない『ファミリーハウス』なんて考えられない。そうでしょ、大家さん?」

樹里に言われて、

「そうだったな。あの人あっての、うちだった」

啓太郎はしんみりしてきた。

「ちょっと、何、たそがれてんのよ! 優子さんを取り戻しましょうよ。ねえ、紗江子さんもそう思うでしょ?」

「賛成! 何か方法はないんですか、大家さん?」

と、樹里と紗江子がタッグを組んで、啓太郎に言い募る。

啓太郎だってそう思っている。しかし——。

「秋田市の市議で、名前も武井重蔵だとわかっているんだから、調べれば住所なんかはわかるだろうけど……しかし、わかったからと言って、どうすればいいんだ? 無理やり連れ出したって、すぐに追手がくる。うちらはここから離れられないからな」

「そうね……確かに」

二人がうなずく。

重苦しい沈黙がしばらくつづき、啓太郎は耐えきれなくなって、席を立った。

2

鬱々《うつうつ》とした日々がつづいた。

啓太郎は、優子からの連絡を待っていたが、電話もないし、もちろん、本人が現れることもない。

ある者がいなくなって、あらためてその存在がいかに大きかったかを知ると言うが、まさにそれだった。

樹里も紗江子も、そんな啓太郎を心配してくれている。

だが、心にぽっかりと大きな穴が開いたようで、何もしていても、気が入らない。

日曜日の昼下がり、啓太郎がリビングでぼんやりしていると、樹里がやってきた。

いつものように、ぴちぴちの白いショートパンツを穿いて、水色に英語のロゴが入った小さめのTシャツを着ている。

「大家さん、優子さんから連絡ない？」

樹里がソファの隣に座って、声をかけてくる。

「ああ、ないな……」

「そう……何とかしないとね」

「そうだな」

「ねえ、マッサージしようか？」

樹里が言う。

「いや、いいよ……」

「だけど、ただ落ち込んでいたって、しょうがないよ。べつに、マッサージしたからと言って、どうにかなるものじゃないけどさ……最初の契約でしょ？　マッサージするから、家賃を安くするって。いいから、来なよ。遠慮しなくていいからさ」

樹里に手を引かれて、啓太郎は腰を浮かす。

心が動いていた。確かにマッサージでもしてもらって、すこしでも気分をリフレッシュしたほうがいいかもしれない。このまま落ち込んでいても良い策は浮かばないような気がした。

二階にある樹里の部屋に入っていく。

この前はそうは感じなかったが、ほんのりと甘い香りがする。やはり、女が長い間住むと、化粧品などでこういう匂いがするようになるのだろう。

「裸になってください」

そう言って、樹里がベッドに防水シートを敷く。

啓太郎は服と下着を脱ぎ、下半身にバスタオルを巻いてベッドに仰向けになる。

と、樹里が例のハーブのフレグランスのするオイルを背中に塗りながら、マッサージをはじめた。

肩、背中、腰とてのひらで温められたオイルが塗り伸ばされ、しなやかでなめらかな手が肌を這っていく。

「どうですか？」

「ああ、気持ちいいよ。すごく、リラックスできる」

「そうでしょ？　ただ落ち込んでるだけじゃ、ダメなんですよ。何かをしないと」

樹里の手が離れた。何をしているのかと見ていると、樹里は着ていたTシャツの裾に手をかけて、一気にめくりあげた。

黒のハーフブラジャーが、形のいい乳房を寄せて持ちあげていた。そのせいか、ほんとうはCカップくらいの胸が、DにもEにも見える。

見とれていると、樹里はショートパンツにも手をかけ、それをおろしていく。

現れたパンティはTバックで、後ろなどは一本の紐が尻の間に食い込んでいる。

黒いセクシーな下着姿になって、樹里がベッドにあがった。

太腿のあたりにまたがって何かをしているのだが、啓太郎はうつ伏せになっているから見えない。

しばらくすると、背中に何か柔らかな塊《かたまり》が押しつけられた。ぶわわんとして柔らかな肉層がぬるぬるっとすべっていく。

(オッパイ……!)

どうやら、樹里はブラジャーを外し、乳房にオイルを塗って、背中に擦りつけているらしい。呆れて、言った。

「おい、これって、ソープ嬢がやるやつだぞ」

「そうなの? 言っておきますけど、わたし、ソープ嬢なんてしたことないですからね。妙なことを考えないでくださいよ……ぁああ、これ、してるほうも気持ちいいみたい。先っぽが擦れて……ぁあああ、ううん、気持ちいい……大家さんは気持ちいいですか?」

「……あ、ああ……そりゃあ、気持ちいいさ」

「よかった……ねえ、上を向いて」

強引に仰向けにされる。

と、目の前に樹里のオッパイがせまってくる。

「吸って、いいよ」

かわいらしく言う。

「大丈夫ですよ。優子さんがいない間、わたしが大家さんの下半身の担当をすることに決めたの。家事とか苦手だし……ほら、もうこんなになってる」

樹里の足が、股間の肉茎をさすってくる。確かに、啓太郎の分身は頭を擡《もた》げつつあった。

「どんどんオッキくなってくる……大丈夫。優子さんが帰ってきても、黙ってるから。吸って……吸っていいよ」

乳房を目の前に突きつけられると、もう、ダメだった。

柔らかな乳房を手でつかんで、透きとおるような乳首にしゃぶりついた。知らずしらずのうちにしゃぶりついていた。

吸い込み、吐き出して、一瞬にして尖ってきたものをちろちろと舐める。

また、吸い込んで、チュゥ、チュゥ吸う。

相手はまだ十九歳なのに、まるで母親のオッパイに貪りついているようだ。

やはり、女の乳房は、弱った男を癒してくれるのかもしれない。

啓太郎は自分が乳呑み子に戻ったような気がした。

「ぁあんん……」

女の喘ぎ声で、啓太郎は現実に戻された。

どうやら、樹里が感じてしまったらしい。四つん這いになって、下を向いた乳房を預けながらも、

「んっ……あっ……ぁあああうぅ」

と、切なげに身体をよじる。

男はどんなに落ち込んでいても、女の喘ぎ声には反応してしまうものらしい。

仄白い乳房をつかんで、乳首を舌であやした。すると、樹里は喘ぎ、腰を振る。

そうしながら、下に伸ばした手で、下腹部の屹立を握り、しごいてくる。

(ああ、ダメだ。気持ち良すぎる……)

と、樹里が身体を起こした。

ハーブオイルを手のひらに出し、それを胸板に塗りつけながら、巧みに肌を撫でさする。

手のひらが脇腹にまわり、さらに、太腿もマッサージされる。

オイルとともに太腿を上下に擦られると、血行が良くなったのか、それとも刺激を受けたのか、本体がまたむくむくと頭を擡げてくる。

だが、樹里は本体には触れずに、その周囲を撫で、さらには、足の先へとマッサージし、足指を揉んでくる。

凝っていた部分が揉みほぐされていく。同時に、何か新しいエネルギーが湧きあがってきたように思える。

「ねえ、ここを、触ってほしい？」

樹里がいきりたっているものをつかんで、訊いてくる。

「あ、ああ、もちろん」

答えると、樹里はオイルを肉柱に塗り込みながら、両手で下へ下へと皮を押しつけるので、先端がまさに亀の頭のようににょっきりと剝きだされてきた。

「ふふっ、すごい！　カリが真っ赤だわ。怒ってるの？」

樹里がオイルで濡れた指で、エッジをさすってくる。

「くっ……！」

あまりの快感に、思わず呻く。

と、樹里の手がさがっていき、今度は睾丸を巧みにあやしてくる。

「ほら、ここも緊張して、硬くなってる。タマタマちゃん、いいのよ、もっとリラックスして。くすぐっちゃうぞ」

皺袋をこちょこちょされて、こそばゆくなり、

「ちょっと、やめなさい……おい、こらっ……あははっ」

啓太郎は声をあげて笑う。

ひさしぶりに笑った気がする。すると、凝り固まっていたものがほぐれていくように、気持ちが楽になった。

「ふふっ、タマタマも笑ってるわ……もう、ヒクヒクしてかわいいんだから」

そう言って、樹里がちゅっと睾丸にキスをした。それから、言った。

「大家さん、足をあげて」

「こうか？」

啓太郎は両膝を抱え込むようにする。

「そう……ほら、お尻の穴まで見えてる。かわいいわ。怯えてるの？」

樹里がアヌスをこちょこちょとくすぐってくる。

「お、おい……よせよ……あははっ」

「ほら、また笑った。コーモンも笑ってるよ。かわいい……くちゃっとなって」

樹里が顔を寄せた。ぺろっとアヌスを舐められて、

「くっ……！」

と、啓太郎は呻く。

つづけざまに舐められて、啓太郎はひぃひぃ言いながらも、どこか昂奮しているのだった。

樹里の舌が這いあがってきた。アヌスから会陰部、さらに、裏筋をツーッと舐めあげてきて、そのまま上から頬張ってくる。

「くっ……！」

ぷにっとしたサクランボみたいな唇が表面にまとわりつき、そして、下まですべっていく。

イチモツを余すところなく含まれている。

分身だけではなく、自分自身も女の口腔に包まれているような気がする。それがひどく心地よい。きっと、子宮のなかにいたときもこんな感じだったのだろう。

その唇が動きはじめた。

ぬるっ、ぬるっと全体を唇で擦られると、欲望がひろがってきて、オスとしての本能が目覚める。

3

樹里が肉棹を吐き出して、言った。

「ねえ、またがっていい？」

「えっ……？　ああ……」

返事に間があったのは、優子の顔が頭に浮かんだからだ。

「もう、ほんと、やる気が感じられないんだから。優子さんだって、言うわよ。やるときはやりなさいって……元気を贈りたいのよ。大家さんに少しでも元気になってもらいたいのよ」

「わかったよ、ありがとう」

「じゃあ、いいのね。するよ」

「ああ……」

我ながら覇気がないとは思う。しかし、啓太郎のなかでは優子が一番なのだから、仕方がない。その喪失感は大きすぎた。

樹里はTバックを脱いで、足先から抜き取った。

そして、啓太郎にまたがってくる。すらりと長い足をぱかっとM字に開いたので、下腹部に淡い若草が見えた。

樹里は下を向いて、肉棹の先を若草の奥に押し当てて、静かに腰を前後に振った。

と、切っ先が潤みきった狭間をぬるぬると擦って、

「ぁああ、感じるぅ。これだけで、イキそう」

喘ぐように言って、樹里がもう一度下を確かめた。それから、静かに沈み込んでくる。

と、切っ先がぬるっとしたとば口をうがち、次の瞬間、熱い滾《たぎ》りのなかに吸い込まれていく。根元までおさめきって、

「うあっ……！」

樹里が顔を撥ねあげた。

「くうぅぅ……！」

と、啓太郎も奥歯を食いしばる。

相変わらず狭い。きつきつだが、なかはとろとろで、まったりとからみつきながら、すぐに締めつけてくる。

入口と奥のほうの二箇所が締めつけてくる感じだ。

「ああ、もう我慢できないよぉ」

すぐさま樹里の腰が揺れはじめた。

樹里は足をM字に開いて、手を前後に置き、腰から下を激しく前後に打ち振って、

「ぁああ、いいの……いいの……」

若いぴちぴちの肢体をしなやかに揺らす。さらさらのボブヘアも揺れて、かわいらしい顔を叩く。

「おおぅ……」

と、啓太郎も分身をモミクチャにされる快感を味わう。

樹里が腰をつかうたびに、切っ先が奥のほうをぐりぐりとこねているのがわかる。

激しく腰を振っていた樹里が、「あっ」と喘いで、震えながら前に突っ伏してきた。

早々と気を遣《や》ったらしい。

樹里の激しい息づかいを感じる。じっとりとした胸のふくらみを感じる。膣が細かく震えているのを感じる。

じっとしていると、樹里が言った。

「もう、イッちゃった……わたし、こう見えても、大家さん以外としてないのよ。驚いた？」

「そうなの？　驚いたな」

「だって、若い男の子って、つきあっていてもつまらないもの。セックス、下手だし……」

啓太郎は自分だって、セックスは上手くないだろうと思ったが、それは言わないでおいた。

「ぁああ、また、したくなってきた」

樹里は両手を突いて四つん這いの格好になると、腰を振りはじめた。まるで男になったように自分から腰を巧みに振って、如意棒《にょいぼう》をぐちゅぐちゅと体内に招き入れる。

啓太郎は胸のなかに潜り込んで、乳房を口で愛撫した。

柔らかな肉層がからみついてくるのを感じながら、突起を舌であやすと、しこりきった乳首が揺れて、

「ぁああ、ぁあああああ、これ、ステキ！　ああ、腰が勝手に動くぅ」

樹里はいっそう強く腰を前後左右に打ち振る。

そのときだった。

部屋のドアが開いたので、ハッとして見ると——。

黒いスリップ姿の紗江子が立っていた。

「あっ……！」

啓太郎は瞬間的に樹里を撥ね除けようとしたが、それを紗江子が制した。

「いいんですよ。つづけてもらって。ねっ、樹里ちゃん」

紗江子が言うので、ギョッとして樹里を見あげる。

と、樹里はにかっと白い歯をのぞかせて、まさかのことを言った。

「わたしたち、さっき相談してたんです。二人で大家さんを慰めてあげようって」

確か、今、二人でと言ったような……。

紗江子が近づいてきた。

黒いミニ丈のスリップを着て、黒髪を柔らかく肩に散らしている。おそらくノーブラなのだろう、光沢のあるスリップの胸元はこんもりと球形に持ちあがり、先っぽがツンとせりだしている。

「あらっ、いやだ。なかでおチンチンがびくって……紗江子さんを見て、昂奮したんだ？　そうでしょ？」

樹里が大きな目をきらきらさせる。

「あっ、いや……」

「ほら、やっぱり、そうなんだ。ああん悔しい！　わたしより、紗江子さんのほうがいいんだわ。そうでしょ？」

「違う。そうじゃない。いきなり、その、紗江子さんがセクシーな格好で現れたから、びっくりしただけだ」

啓太郎は必死に言い繕《つくろ》う。まったく、女はこういうところでは異常に鼻が利く。

紗江子がベッドの端に腰かけて、樹里に訊いた。

「どうする？」

「どうするって……わたし、イキそうなの。だから、最初にイク……その後で、紗江子さんが……いいでしょ？」

「いいわ。でも、ちょっとだけ参加させて」

そう言って、紗江子もベッドにあがった。啓太郎の手を取って、自分の胸に導く。

すべすべの黒い布地の下に、ノーブラの乳房が息づいていて、触ると、ぐにゃりと沈み込む。

「大家さん、乳首を……」

紗江子が甘く誘ってくる。

啓太郎はスリップ越しに突起をこねた。くにくにと指でまわすと、

「あっ……あっ……ぁああん、いい……乳首が勃ってくるのがわかる。そうよ、そう

……ああうぅ」

紗江子が艶かしく喘ぐ。

と、それを見ていた樹里が主役はわたしよ、とばかりに動きだした。

両手を後ろに突いて、のけぞるようにして腰を揺すり立てる。すると、やわやわした若草の下に、いきりたつものが嵌まり込んでいき、

「あっ、あっ……気持ちいい。大家さん、樹里、気持ちいい」

そう言いながら、樹里はますます大きく腰を振る。後ろに引いておいて、前にせりだしながらしゃくりあげる。

「おおぅ……」

分身が膣でしごかれていく快楽に、啓太郎は唸る。

唸りながらも、スリップ越しに紗江子の乳首をいじる。

(ああ、俺は何をしているんだ！)

二人の女を相手にしている。つまり、これは３Ｐだ。もちろん、三人でのセックスなど体験したことがない。

ふと、優子の顔が浮かんだ。優子が柳眉を逆立てて怒っている。

優子が窮地に陥《おちい》っているというのに、自分は残された入居者二人と、いいことをし

ている。優子に申し訳ない。心から謝りたくなる。

しかし……。

男の性欲というものは、計り知れないものらしい。

女二人を相手にして、啓太郎のイチモツはますますいきりたってしまっている。

紗江子が胸板を舐めてきた。

黒い妖艶なスリップ姿で屈み込むようにして、啓太郎の乳首を舐める。舐めながら、
啓太郎の右手をスリップの裏側に導いた。

熱気のこもったそこは、すでに濡れていて、指先にとろっとした女の園がまとわりついてくる。

ごく自然に指が動いていた。濡れた溝を指で擦ると、

「ああ、感じる……感じるわ」

紗江子が喘ぐ。すぐに、また乳首にちろちろと舌を走らせる。

そして、負けじとばかりに、樹里が腰を振りたくる。

「あああ、気持ちいい……大家さん、樹里、イキそうよ。イキそう……」

樹里が激しく腰を振った瞬間、ちゅるんっと肉棹が抜けた。

「あああ、逃げたぁ」

樹里はすぐに、外れたいきりたちを膣口にふたたび招き入れ、間髪入れずに腰から下を振る。

足を大きくM字に開いて、何かにとり憑《つ》かれたように腰をきゅいっ、きゅいっと鋭角に打ち振っていたが、やがて、

「ぁああ、来るわ。来る……大家さん、樹里、イクよ。イク、イク、イクぅ……」

大きくのけぞりながら腰を激しく前後に振る。

啓太郎は射精しそうになるのを懸命に耐えた。

と、樹里は大きく腰を振りあげた瞬間に、

「イクぅ……くっ……！」

下腹部を前に突き出し、がくっ、がくっと震えて、のけぞりかえった。

開いた太腿にも腹部にもさざ波が走っている。

それから、樹里は昇りつめたのだろう、操り人形の糸が切れたように、後ろに倒れていった。

4

樹里が離れていき、啓太郎は顔を持ちあげて、二人を見た。

ぐったりとした樹里が隣に横臥して、静かな息をしている。

そして、その代わりにと言わんばかりに、紗江子が身体を寄せてきた。

切れ長の目が爛々《らんらん》と輝いている。それを見て、紗江子も気持ちが昂《たかぶ》っていることがわかった。

「大家さん、ここまで来たら、もう余計なことは考えないでほしいの。わたしたち、大家さんを元気づけるためにしてるのよ」

波打つ髪をかきあげて、潤んだ瞳でじっと見つめてくる。

「ああ……きみたちの気持ちはよくわかったよ」

このとき、もう啓太郎は気持ちを決めていた。せっかく二人が自分を気づかってくれているのだから、それに応えなければ男じゃないだろう。

「ひさしぶりですものね。あのカラオケボックス、今も思い出すんですよ。すごく良かった」

紗江子が耳元に口を寄せて言い、いったん上体を起こし、黒いスリップの肩紐をひとつ、またひとつと外していく。

「大家さん、脱がせて」

甘く、誘ってくる。

啓太郎は両手で黒いスリップをつかんで、引きおろした。紗江子も腕を抜く。

シルクタッチの布地がさがって、一糸まとわぬ上半身があらわになった。

まろびでた乳房は見事な円錐形にせりだしている。他の部分がほっそりしているせいか、乳房が余計にいやらしく映る。

揉みたくなった。

と、その気持ちを察したのか、紗江子は自ら下になったので、啓太郎は上になる。

波打つ黒髪が扇状に散っている。

紗江子が自ら両手をあげて、

「ああ、大家さん、いいのよ、好きなようにして」

とろんとした目で訴えてくる。

啓太郎は乳房にしゃぶりつきながら、脇腹を撫でた。すると、紗江子が「ぁああ、そこ、ダメぇ」と強く反応した。

（そうか、脇腹が感じるんだな）

啓太郎は脇腹を手でなぞる。そのうちに、あらわになった腋窩が目に入った。つるつるに剃《そ》られた腋《わき》がそうされたがっているように感じて、顔を持っていき、腋窩を舐めた。ちゅっ、ちゅっ、ちゅっとキスを浴びせ、ぬるっと舐めあげると、

「ぁあああん……！」

紗江子がのけぞりかえった。やはり、ここが強い性感帯らしい。

腋の下に舌を這わせると、紗江子は「あっ、あっ」と上体を痙攣させる。

啓太郎は腋を舐めながら、乳首をこねる。

「ぁあああ、いやっ……それ、いや……ぁあああ、ねえ、ねえ……」

紗江子はおねだりをするように、腰を浮かせる。

触ってほしいのだろう。啓太郎は手をおろしていき、すべすべの布地の上から太腿の奥をなぞった。

「ぁああぁ、ぁああああ……」

何かに酔っているような調子で喘いで、紗江子は下腹部をせりあげ、恥丘を擦りつけてくる。

そこの様子を確かめたくなって、啓太郎がクンニをしようとすると、紗江子が言っ

た。

「そこはもういっぱい濡れているからいいの……大家さんのをおしゃぶりしたいわ」

「えっ……？」

さっき、樹里の膣に挿入して間もないから、まだ、べっとりと他人のラブジュースが付着しているはずだ。

だが、紗江子はいさいかまわずスリップを脱いで、全裸になった。それから、啓太郎を仰向けに寝かせて、下半身に顔を寄せてくる。

半勃起状態の肉茎を舐めあげてきた。

樹里の愛液が付着しているのを、厭《いと》うことなく、汚れた肉柱を丁寧にしゃぶって、乾きかけた粘液を舐めとっていく。

(ああ、何てことを……！)

啓太郎はその奉仕的な行為に、感動さえ覚えた。

と、そのときだった。樹里が近づいてきたのは。

紗江子の耳元で何事か囁いて、啓太郎の下腹部に顔を寄せてきた。

次の瞬間、ぬるっとした感触が肉茎を襲った。

「えっ……？」

何が起こったのか、とっさには理解できなかった。

顔を持ちあげてみると、とんでもないことが起こっていた。

向かって右側に紗江子がいて、肉棹のそちら側を舐めている。

そして、向かって左側には樹里がいて、這うようにして、肉棹の反対側に舌を走らせているのだ。

(これは……？)

見ているものが現実だとは思えない。

紗江子も樹里も一糸まとわぬ姿で、左右に分かれて、啓太郎のイチモツを舐めしゃぶっている。

持ちあがった桃のようなヒップ、垂れさがって三角になった乳房――。

そして、二人の舌がいきりたつものの左右をツーッ、ツーッとなぞっている。

昂奮しすぎて、頭が混乱している。

だが、自分は誰でもが体験できることではないことを、体験しているということだけはわかる。

二人は競い合うようにして、イチモツを舐めてくれる。

紗江子が亀頭冠の出っ張りにちろちろと舌を走らせれば、それに対抗するように、樹里が袋のほうを舐めてくる。皺袋をやわやわとマッサージしつつ、袋の皺を伸ばすかのように丹念に舌を這わせる。

紗江子が肉棹の根元を握って、ぎゅっ、ぎゅっとしごきながら、唇を亀頭冠に素早くすべらせる。

「くぅぅ……！」

啓太郎は唸った。

美女二人が生まれたままの姿で、ご奉仕してくれている。

ひとりでは決してできない形の口唇愛撫を、二人がかりでしてくれている。

もうどちらがどう愛撫してくれているのかも、わからなくなった。ただ、途轍もない刺激感だけがうねりあがってくる。

「おおぅ……！」

啓太郎は吼えた。両足が自然に突っ張ってしまっている。

もうこれ以上の快感には耐えられないと感じるほどの至福に酔っていると、樹里が顔のほうに移動してきた。

そして、啓太郎の顔面をまたぎ、ぐっと腰を落とす。

「大家さん、舐めて」

目の前に、翳りの底の割れ目がせまってきた。大きく開かれた太腿の間で、しとどに濡れた雌芯が花開いている。

花びらのような肉びらがぷっくりと充血してめくれあがり、内部の赤い粘膜が妖しく光って、蜜をしたたらせている。

啓太郎はそこにしゃぶりついた。

とろとろの花蜜を舌ですくいとり、クリトリスになすりつける。

「ぁあ、すごくいい……大家さん、すごく、いいの……」

そう言って、樹里が肉の園を擦りつけてくる。

その間も、紗江子が肉棹をしゃぶってくれている。ひとりになって余裕ができたのか、ちゅるんと吐き出して舌《した》鼓《つづみ》を打ち、また、咥え込んでくる。

亀頭冠を中心に忙しく唇を往復させながら、根元を強く握りしごく。

下腹部からは甘く蕩《とろ》けるような愉悦がひろがっている。そして、顔面騎乗された啓太郎の口許はすでに淫蜜にまみれて、ぐちゃぐちゃだ。

5

二人の間で何か言葉が交わされて、樹里が離れた。そして、紗江子が下腹部にまたがってきた。

いきりたつものを導いて、腰を落とす。

分身を招き入れて、腰を振る。

「ぁああ、ぁああ……ぐりぐりしてくる。すごい、すごい……」

紗江子は髪と乳房を揺らして、啓太郎の上でダンスを踊る。かなり激しい。やはり、樹里を意識しているに違いない。

紗江子が蹲踞《そんきよ》の姿勢で動きを止めて、せがんできた。

「大家さん、突いて。突きあげて……」

啓太郎は奥歯を食いしばって、腰を撥ねあげる。ズブッ、ズブッと肉棹が嵌まり込んでいき、

「あんっ、あんっ……ぁああん……いいわ。突き刺さってくる。すごい、すごい、お臍に届いてる……ぁあああ、もうダメっ……」

紗江子がへなへなっと前に突っ伏してきた。

啓太郎は女体を引き寄せて、腰を撥ねあげる。すると、屹立が斜め上方に向かって膣肉を擦りあげていき、

「ぁあああ、突き刺さってる。頭に響く……あん、あっ、ぁあん」

紗江子がしがみついてくる。

だが、紗江子はこの格好ではイケないようだった。啓太郎も疲れてきた。休憩したときに、

「バックからして……いちばん感じるの」

紗江子がせがんでくる。

啓太郎がうなずくと、紗江子が腰を浮かせて、結合を外し、自らベッドに四つん這いになった。

ぐっと背中を弓なりにさせて、腰を突き出してくる。

背中もウエストも華奢と言っていい。だが、尻は細腰からバーンと張り出して、充実している。

みっちりとして丸々とした尻の間にセピア色の窄まりがひくつき、その下で女の亀裂が深い谷間をのぞかせながら、花開いている。

啓太郎は細腰をつかみ寄せて、いきりたちを慎重に打ち込んでいく。窮屈なとば口を押し広げていった硬直が奥まで一気に嵌まり込んで、

「ぁああ、いい……！」

紗江子が下に敷いていている防水シートを鷲づかみにした。

まったりと包み込んでくる膣肉のうごめきに呻きながら、啓太郎は腰を叩きつける。パチッ、パチンと破裂音がして、

「んっ、ん、ぁあああああ、響いてくるぅ……揺れてる。お腹が揺れてる……ぁああ、ぁあああ、いいのよぉ……」

紗江子の喘ぎに背中を押されて、啓太郎は硬直を送り込んでいく。

と、そのとき、樹里がやってきた。紗江子の右隣に同じような格好で、這った。

そして、右手を腹のほうから潜らせて、二本の指で陰唇をひろげ、ぬちゃ、ぬちゃと開閉させて、

「ああん、ねえ、入れて。わたしにも入れてよぉ」

健康的に張りつめたヒップをぷりぷりと振る。

(しかし、そう言われてもな……)

おチンチンが二本あれば、願いを叶《かな》えてやれるのだが……。

啓太郎は今、紗江子に嵌めているのだ。途中で抜いて、他の女に挿入したら、紗江子だっていやだろう。

「待ちなさい。この後にしてくれ」

言い聞かせた。

「いや、いや、いやっ……欲しい、欲しい、欲しい！」

この貪欲さが樹里の本来の姿なのだろう。腰を激しく振りたくっていたが、ついには、自らの指を恥肉に押し込んだ。

中指を第二関節まで挿入して、ぬぷぬぷと出し入れしながら、ヒップをもどかしそうにくねらせる。

啓太郎はそれを見ながら、紗江子の腰をつかみ寄せて、怒張を叩きつけた。

「あん、あんっ、あんっ……」

紗江子は甲高《かんだか》い声で喘いで、シーツを鷲づかみにして、顔をのけぞらせる。

「おおぅ！」

啓太郎は吼えながら、強く打ち込んだ。

「あああ、イク、イキます……ちょうだい」

紗江子がさしせまった声をあげて、シーツを鷲づかみにした。

「そうら、イケ！」

ズンズンズンッと深いところに打ち込んだとき、

「イクぅ……くっ、くっ……あっ！」

気を遣ったのだろう、紗江子ががくがくっと前に倒れ込んでいく。

啓太郎はぎりぎりのところで射精をこらえた。

「ぁああ、大家さん、入れて、早くぅ！」

樹里が自ら指で陰唇をひろげて、待っている。

（ええい、こうなったら……！）

啓太郎は膝で移動していって、樹里の後ろについた。

他の女の膣に入れたばかりのおチンチンを、樹里の体内に挿入していいのだろうか
——だが、自分からしてくれと言うのだから、いいのだろう。

陰唇を開いて待っている樹里の、そこに切っ先を押し当てて、静かに貫いていく。

「ぁああ、来たぁ！」

樹里が鋭く背中をしならせた。

（ああ、やはり、ここは違うものなんだな）

啓太郎はごく自然に比較してしまっていた。紗江子の膣はまったりと柔らかいが、

樹里はちょっと硬い感じで、締めつけが強い。

樹里もこの尋常でない状況に昂奮しているのか、膣がすごい勢いで食いしめてくる。

「おおぅ、ダメだ。出そうだ」

啓太郎は激しく腰を打ち据える。

「あんっ、あんっ、あっ……ぁああ、ください。樹里のなかにください！」

樹里がくなっと腰をよじった。

啓太郎もそのつもりでいた。

だが、それまでぐったりしていた紗江子が急に身体を起こして、啓太郎の背中に後ろからしがみついてきた。

「いやっ……出すのはわたしにして」

そう言って、身体を押しつけてくるので、腰が自由につかえなくなった。

「いや、いや……出して。わたしに出して」

樹里がぷりぷりと腰を振る。

(困った。どうしたらいいんだ？)

啓太郎が悩んでいると、紗江子がまた、樹里の隣に四つん這いになった。

「優子さんがいなくなってから、食事を作っているのはわたしでしょう？　樹里ちゃんなんか、何もしないじゃない」

紗江子が樹里を見て、言う。

「だって、わたしは大家さんにマッサージしてるじゃないのよ」

樹里が反論した。

「そんなこと言ってると、あれがふにゃっとなってしまうぞ」

啓太郎が現状を訴える。

「わかったわ、いいわ。このままじゃあ、埒《らち》があかないから。樹里ちゃんに出していいわ。でも、その代わりにもう一度、わたしをイカせて」

紗江子が言った。

話がついて、啓太郎はほっと胸を撫でおろす。すると、分身にまた力が漲ってきた。

啓太郎は樹里の体内から肉棹を抜き、蜜で白く汚れている肉の塔を紗江子に、後ろから突き入れた。

熱いと感じるほどに滾っている膣肉を貫いていき、

「ああああぁぁ、すごい！」

紗江子が生臭い声をあげる。

啓太郎はもう何が何だかよくわからない。だが、初めて体験する３Ｐに、身も心をも昂奮し切っていた。紗江子のよくしなる腰をつかみ寄せて、屹立を深いところに叩き込んでいたそのとき、隣で樹里がねだってきた。

「大家さん、指を、指をここにちょうだい」

そう言って、自分の指で膣肉を押し広げた。満開になったそこは、真っ赤な薔薇が咲いたようだ。

尻を寄せてくるので、啓太郎は右手の指をそこに押し込んだ。

人差し指と中指をまとめて、膣口にねじ込み、腰の動きに合わせて指もピストン運動させる。

どろっとした淫蜜があふれて、啓太郎の手のひらまで濡らす。

腰を律動させて、勃起を出し入れしながら、指も同じリズムでピストンさせる。

紗江子も樹里も明らかに高まってきた。

「あんっ、あんっ、ぁあああ、イキそう！」

紗江子が押し迫った声を洩らして、顔をのけぞらせた。

「ぁあああ、樹里も、樹里も、イッちゃう！」

と、樹里が自らも腰を前後に打ち振って、シーツを握りしめる。

二人の美女が乱れるさまを見ているうちに、啓太郎も抜き差しならない状態へと追いつめられていく。

樹里のなかに出すという約束だが、もう、持ちそうにもない。息も切れている。

（ええい、かまうものか……！）

啓太郎は腰を激しく叩きつけながら、指先でＧスポットを摩擦する。

（もう、こっちが持たない。イッてくれ！）

つづけざまに、Ｇスポットを擦ったとき、

「あっ、あっ、ああん……イク、イク、イッちゃう……やぁあああぁぁぁぁ」

樹里が甲高い声をあげて、最後に「うっ」と呻いて、前に突っ伏していった。

気を遣ったのだ。あとは、紗江子だ。

啓太郎は最後の力を振り絞った。腰を引き寄せて、ぐいぐい打ち据える。

「ぁあああ、ぁああああ……わたしも、わたしもイクぅ……ちょうだい。ちょうだい……やぁあああああああああ、はうっ」

紗江子も背中を弓なりに反らせた。

エクスタシーの波が背中や尻を走り、駄目押しの一撃を叩き込んだとき、啓太郎も熱いマグマが噴きあがってくるのを感じた。

とっさに、引き抜いた。

直後に、精液がしぶいた。放物線を描いて、防水シートを白く汚していく。
頭のなかがぐずぐずになっていく。体が勝手に痙攣している。
出し尽くして、啓太郎は空っぽになった。
ドッと後ろに尻もちをついた。
目の前では、二人の美女がぐったりと気絶したかのように横たわっている――。
啓太郎は夢を見ているようで、それがいまだに現実だとは思えないのだった。

第六章　けがれを洗い流して

1

その日、啓太郎が家にひとりでいると、ケータイが鳴った。

(うん、誰だろう?)

急いでケータイを取り出して、応答する。

「もしもし、羽鳥ですが……」

「大家さん、助けて……」

ケータイから流れてきた声は間違いなく優子のものだった。

「優子、優子さんか!」

「はい……今、公衆電話から……あっ、やめて……」

ガチャッと乱暴に電話が切られた。

啓太郎は急いでリダイアルするが、出る者はいない。

ケータイを置いても、手の震えが止まらない。

電話が切れたのは、おそらく途中で見つかって、強引に受話器を置かれたのだろう。

優子が助けを求めてきた――。

それだけ、優子は窮地に立っているのだ。彼女は家を出て、啓太郎のもとに飛んできたいのだ。しかし、監視されていて、電話をかけることもままならないに違いない。

地方の屋敷で幽閉されて、夫の重蔵に責められている優子の姿が、脳裏にはっきりと浮かんだ。

(俺は何をしているんだ?)

優子の救いを求める声を実際に聞いて、焦燥感が込みあげてきた。

(何とかしないと……何とかしないと!)

ここまで何もせずにただ待っていただけの自分が、いやになった。

(よし、待ってろよ、優子。今の電話を無駄にはしない)

だが、どうしたらいいのか?　単身で乗り込んでも、追い返されるだけだ。

(そうだ……あいつだ)

以前に会計事務所に勤めていたときに、ある興信所に世話になった。会社や個人を調査するのを専門にしており、そこのベテラン調査員である木戸《きど》一徳《かずのり》とは懇意だった。まずは、木戸に武井家を調べてもらおう。優子が今、どういう状態であるのかがわかるだろう。それに、武井重蔵のことも。

市会議員で、不動産会社の社長なのだから、身上調査は難しいことではないだろう。

ケータイに登録してある興信所に電話をかけた。

すぐに、受付が出て、木戸に変わってもらう。

木戸は最初は、会社を辞めた男が何を今さらとつれない態度を取っていたが、

『個人的に調査してもらいたいことがある。お金は出すから』

そう告げると、木戸の態度ががらりと変わった。

『仕事の依頼だったら、早く言ってよ。で、何？　電話で何だけど、だいたいのことを教えてくれないかな？』

「じつは……」

と、啓太郎は調査内容を話しだした。

二週間後、木戸は調査の報告のために、『ファミリーハウス羽鳥』に来ていた。

木戸は啓太郎と同じ五十八歳で、見た目は普通の太ったオッチャンだが、じつはこれでなかなかの遣り手なのだ。

個人の身上調査はもちろんのこと、法人関係にも強い。申し分ない調査員だが、唯一の欠点は女に脇が甘いことだ。これまでも、調査対象と懇《ねんご》ろになってしまうという事例もあったと聞く。

リビングには、樹里も紗江子も同席している。そのせいか、さっきからどうも挙動が怪しい。おそらくだが、木戸は樹里に気がある。もともと、若く、ぴちぴちした女が大好きなのだ。

ショートパンツを穿いた樹里のむちっとした健康的な足に、ちらちらと視線をやっている。こんな大事なときにも、女に色目をつかう木戸に苛立《いらだ》って、少しきつめに訊いた。

「どうだった？　早く教えてくれ」

「ああ、そうだったな。これを見てくれ……」

木戸が封筒から写真を取り出して、そのうちの数枚をテーブルにひろげた。

写真には、大きな武家屋敷のような家から出てくる優子の姿が映っていた。着ているものもちゃんとしているし、相変わらず楚々として美しい。

だが、目の下にはクマができ、いかにも憔悴しているし、表情が沈んでいる。

そして彼女の隣には、うちに来たときに見たあの大男がぴたりと張りついている。

他の写真にも、買い物をする優子と監視をする男たちの姿が映っている。

「これらの写真でわかるように、優子さんは外出するときは屈強なお供つきだ。ほとんど、家に閉じ込められているがね」

やはりな、と啓太郎は思う。

「正直言って、彼女をこの家から連れ出すのは、難しい。いつも、ボディガードというか見張り役が張りついているし……ほら、これを見ろ。これが重蔵の母親で、優子さんの姑だ」

見せられた写真には、着物を着て髪を後ろでまとめた、小柄だが、目付きの鋭い老婆が映っていた。

「周囲で聞き込みをしたんだが、このババアがまたかなりの因業《いんごう》ババアでな。優子さんに跡取りができないことで、さんざん厭味を言っているらしい。石女《うまずめ》で、タダ飯食《めしぐ》らいだってな」

状況を知るほど、何とかして優子を助け出さなくてはという気持ちが強くなってくる。だが、具体的にどうすればいいのだろう？　頭をひねっていると、

「これは、お前は見ないほうがいいかもしれないが……一応、見せておく。望遠で撮ったものだ」

木戸が数枚の写真を、テーブルに置いた。

啓太郎は愕然とした。

夜に撮った写真だろう。明かりが点いた二階の室内には、長襦袢《ながじゅばん》姿の優子が鴨居《かもい》のようなところに、縛られていた。髪はざんばらに乱れ、両手を開いて鴨居にくくられている。しかも、長襦袢はもろ肌脱ぎにされているので、たわわな乳房がさらされてしまっている。

（こんなことまで、していたのか……？）

武井は酔っぱらうと暴力を振るうと聞いていたが、根っからのサディストなのだろう。鴨居に縛るようなことをするのだから、他にも責め苦に近いことをされている可能性は高い。

部屋で優子が縛られている写真を見て、樹里と紗江子が眉をひそめている。

「もっと見るか？」

木戸が言う。

「もう、いいよ。その種の写真は見せなくていい。確実に消去してくれ」

　木戸が言った。

「わかった」

　木戸が写真をしまった。

　どうしたらいいのか？　啓太郎の気持ちはどんどん暗くなる。と、

「優子さんを救いだせばいいんだろ？」

「ああ……」

「ということは、離婚させてしまえばいいってことだ」

「もちろん。だが、武井がハンコを押さないだろう」

「普通はな。しかし、搦《から》め手が使えるかもな」

「えっ、搦め手？」

　啓太郎には、その意味がわからない。

「じつは……武井のやつ、この前の市議選のとき、買収をやっているらしいんだ」

「えっ……金をばら撒《ま》いてるのか？」

「ああ、そうとう使っているらしい。それとな……」

　木戸が体を乗り出してきた。

「やつは、不動産の仕事でも、そうとうヤバいことをやってる。やつは守銭奴だな。あくどい方法でかき集めた金を選挙のときにばら撒き、市議になることで、また、利

権を握りやすくなるというわけだ。もともと資産家なのに、さらに肥え太っている」

「どうしようもない男だな。で、それが、優子さんを取り戻すために、どう関わってくるんだ？」

「無理やり連れ戻しても、また連れ戻されるだけだ。だから、武井本人に彼女を手放す決意をさせなければいけない。そこまではいいな？」

「ああ……」

「そのためには、脅すんだよ。脅迫するんだ」

啓太郎にも、木戸の描いている絵図が何となく読めてきた。

「あいつが、金で票を買ったという証拠を握るんだよ。そして、それをネタに脅すんだ。優子さんと離婚しなければ、買収の証拠を公開するとね……」

「そんなに上手くいくか？」

「いくさ……だけど、票の買収だけじゃ、弱いよな。ただ、議員辞職すりゃあ、いいだけだからな。それでだな……」

木戸がまた身を乗り出してきた。

「やつの本丸を攻める」

「本丸？」

「ああ、不動産業だよ。さっきヤバいことをいろいろとしていると言っただろ？　その証拠を握るんだよ。いわば二箇所攻めだ。そうすりゃあ、木戸だって、優子さんを手放すさ。背に腹は代えられないからな……きみたちもそうだろ？　一箇所だけ攻められるより、二箇所同時に攻められたほうが感じるだろ？」

木戸が突然、話を二人に振った。

「いやだあ……！　木戸さん、エッチなんだから」

隣に座っていた樹里がオーバーに反応して、手を木戸のズボンの太腿に置いた。

「やっぱり、嵌められてるときに、オッパイを吸われたりしたほうが感じるんだろ？」

木戸が中年男丸出しのいやらしい目で、樹里を見た。

こんな大切な話をしている間に、逢ったばかりの女に猥談をしかけるとは。

正直、呆れた。

普通では考えられないが、こういう性格だからこそ、木戸は尋常でなく仕事ができるのかもしれない。

「そりゃあ、されながらオッパイ吸われたほうが、感じるかな……ちょっと、木戸さん、何言わせるのよ？　今、大切な話をしてるときなんだから、ぴりっとしてくださいよぉ」

　樹里が、ノリツッコミで口を尖らせる。

　木戸は思い通りの答えを返してくれた、とばかりに、にんまりする。

　それから真顔に戻って、啓太郎に訊いてきた。

「どうする、やるかい？」

「もちろんだ。優子さんを放ってはおけない」

「だけど、コレはかかるぞ、すごく。大丈夫か？」

　木戸が親指と人差し指で〇《まる》を作った。

「大丈夫だ。金は何とかするよ。それに、金より大切なものがある。やってくれ」

　啓太郎はきっぱり言う。部屋で縛られている写真を見せられているから、もう一刻も早く、二人を引き剝がしたくてしょうがないのだ。

「任せておけ。なるべく早く、証拠をつかむよ。ああ、そのときにもしかしたら、お二人の協力が必要かもしれんな」

　木戸が、樹里と紗江子を見た。

「男には口が堅いやつでも、女にはぺらぺら喋るやつが多いからな。樹里ちゃん、紗江子さん、いざとなったら手伝ってくれるかい？」

木戸が二人に声をかける。

「もちろん……わたしたち、優子さんを取り戻すためなら、何でもします。そうよね、樹里ちゃん？」

年齢的にお姉さん格の紗江子が、相槌を求める。

「もちろん。何でもしちゃう……面白そうだし」

樹里が舌を出す。

「よし、わかった。それから、あんたにもやってほしいことがあるんだ。いいか？」

「ああ、何でもやるよ」

啓太郎がそう答えると、木戸が持ってきたノートパソコンを操作しはじめた。

2

その日、啓太郎は意を決して、木戸とともに秋田に向かっていた。決戦の場に出向く武士の気持ちである。

樹里と紗江子がどうしてもついていきたいと言うので、一緒に連れてきている。

二人の同行を断れない理由があった。

武井は市議選で、選挙参謀のひとりである津村《つむら》に票のとりまとめを頼む際に、金を渡している。当たり前のことだが、津村は口が堅く、なかなか証拠を握らせない。

それで、樹里と紗江子が女の武器をつかって、口を割らせたのだ。

秋田の街で偶然の出逢いを装って、津村をべろんべろんに酔わせ、ホテルに連れ込み、二人がかりで肉体接待し、褒めそやし、選挙での参謀のことに水を向けたところ、

『俺はある候補者を当選させてやったんだ』

と、自慢をはじめたのだと言う。

『ええ、すごーい。そういうの、どうやってやるんですか？』

と、二人が旅行者を装って訊いたところ、津村は地元の者でないことで脇が甘くなったのだろう、酔いに任せて、べらべらとしゃべりはじめた。

二百万で五百票をとりまとめたのだと言う。

『候補者のオッサン、秋田藩の時代から続く名家の末裔《まつえい》なんだけど、こいつが、人望がなくてな。不動産業であくどいことばかりやっているから、嫌われてるんだよ。知ってるか、武井家って？　なかなかの名家だったんだ。だけど、ダメだな、今の武井は。てんで、人望がない。俺が苦労して、当選させてやったようなものだ』

津村が自慢げにしたその話を、紗江子が持参したレコーダーで録音した。

買収は公職選挙法違反で、『三年以下の懲役、もしくは禁固。または五十万円以下の罰金に処する』と決められている。

酔っぱらって口をすべらせたものが、正式な証拠になるかどうかは疑問だが、少なくとも、武井重蔵にとっては暴露されては困る事実だろう。

不動産会社の不正に関しては詐欺行為などは立証できそうにもなかった。だが、会社の帳簿データを木戸がハッキングさせて手に入れた。そのデータを会計士である啓太郎が詳しく調べたところ、様々な不明瞭な箇所があり、さらに調べると、架空請求などが多々あり、年間で千万単位の脱税をしていることが判明した。

それらの証拠を武井に突きつけて、脅し、一気に片をつけるつもりだ。

優子には、すでにその旨を記したメモを渡してある。優子が買い物に出ているときに、木戸の助手が見張り役の目を盗んで、彼女のポケットにそっと忍ばせたものだ。確実に読んでいるだろうから、優子は啓太郎たちが自分を連れ戻しにくるのを心待ちにしているはずだ。

秋田に到着したのは夕方だった。市の中心部より少し離れたところに、大きな屋敷が塀に囲まれて建っている。武井家である。

武家屋敷を改築した建物が、広い敷地に何棟も並んでいる。

「すごーい。大きいし、歴史を感じちゃう」

樹里が歓声をあげる。

どうやら、これから敵陣に乗り込んでいくという緊張感はこの女にはないらしい。物怖じしないというのは、ある意味長所である。

「行くぞ」

木戸を先頭に門を潜る。そこで、門番に呼び止められて、木戸が言った。

「東京から来た木戸と言います。先生とお逢いするアポは取ってあります」

屈強そうな門番はじろりと一行を見て、内線電話をかけた。うなずいて電話を切り、四人を案内してくれる。

玄関から母屋《おもや》に入っていき、和室の応接室らしいところで待っていると、だいぶ待たされて、ようやく、武井重蔵が現れた。

いかにも高級そうな着物に帯を締め、羽織をはおっているが、なぜか息づかいが乱れ、スキンヘッドに噴き出した汗を拭きながら、入ってきた。

啓太郎を見て、ギョッとし、

「ど、どうしてお前が！」

よほど驚いたのだろう、糸のような目をカッと見開いている。

「何しに来た？　優子を連れ戻しに来たのか？」

武井が啓太郎をぎろりとにらみつけてくる。

「そうですよ。優子さんを連れ戻しに来ました」

啓太郎も負けじと、武井をにらみかえす。

「バカか、お前らは……大勢で来たって、どうにもならんぞ」

「わかっていますよ。でも、きっと先生のほうから、優子さんをお返しくださるようになりますよ」

と、木戸が口を挟んでくる。

「何を訳のわからんことを言っているんだ」

「これを聞いてください……」

木戸がタブレットパソコンを取り出して、スイッチを押した。すると、津村が、二百万で市議選の武井の票をとりまとめたという話を自慢げに話すその音声が流れた。

それを聞いていた武井の顔が引き攣《つ》りはじめた。

「これ、先生が金で票を買った、その立派な証拠になります。公職選挙法違反で、三年以下の懲役、もしくは禁固。または五十万円以下の罰金に処する——わかりますね。先生はこれを公にされたら、大変マズい立場でいらっしゃる」

木戸は落ち着いている。

「どうしたんだ、それは？」

「さあ、どうしたんでしょうね。いいですか、よく聞いてくださいよ。これを公にされたくなかったら、優子さんと離婚しなさい」

木戸がきっぱりと言う。

「バカなことを……そんなもの証拠にはならん。津村が酔っぱらって、出鱈目《でたらめ》を言ったんだろう。身に覚えはない」

武井が突っぱねてくる。

「そうですかね？　じつはこれ、うちの娘たちが津村から聞いた話でしてね。この二人が証言してくれます。そうだな？」

「はい……わたしたち、確かに聞きました。他にも、先生の秘密をいろいろと」

紗江子と樹里がうなずきあう。

「これ、地元の新聞社に持ち込んだら、大事《おおごと》だと思いますがね……それと、もうひとつ。先生は脱税なさっていますね」

木戸が畳みかける。

「何をくだらんデマを。ワシは脱税などしておらんよ」

「じつは、羽鳥さん、公認会計士なんですよ……で、お宅の会社の帳簿を調べてもらったら、いろいろとマズいことがわかりましてね。架空請求やら、あり得ない領収書やら、そうとうデタラメらしいですね。このデータ、税務署に届けますよ。いいんですね？」

木戸が真っ直ぐに武井を見た。

「ふんっ、勝手にしたらいいだろう」

武井はそう嘯《うそぶ》いているものの、身に覚えがあるのだろう。動揺は明らかだ。その態度から傲慢さが消えた。

「脱税と公職選挙法違反が重なったら、いくら地方の名士でもマズいでしょうね。もちろん、執行猶予などつかない。実刑になるでしょうね。おまけに、追徴金も大いに取られる。随分前から脱税なさってるでしょうから、いったいどのくらいの金額になるのか……まあ、それ以前に先生の名声は地に落ちますけどね」

木戸が言い募るにつれて、武井の顔から表情が消えていった。

まさか、自分の秘密をこれほどつかまれているとは、つゆとも思っていなかったのだろう。

「それを回避する方法がひとつだけあります。優子さんと離婚することです。簡単ですよ。ここに離婚届が用意してあります。これに、署名、捺印するだけでいいんです。どうしますか？」

武井は腕を組んで、眉をひそめている。必死に頭を回転させているのだろう。

テーブルに置かれた用紙を見ていたが、顔をあげて言った。

「署名すれば、いいんだな？」

「はい……」

「したら、その録音を消去してくれ。それと、そのくだらないデータも消してくれるな？」

「約束します」

武井が離婚届の用紙に署名をはじめた。思ったより、往生際がいい。

署名、捺印を終えた用紙を木戸がつかんで、啓太郎に見せた。啓太郎はそれを確認して、懐にしまった。

「これでいいだろ？　最後に、優子と二人だけの時間を持ちたいんだが……」

武井がやけに殊勝《しゅしょう》に言った。

「いいでしょう。でも、すぐに優子さんを連れてきてくださいよ。連れて帰りますから」

「わかった。待っていてくれ」

武井が立ちあがり、部屋を出ていった。

しばらくの間、啓太郎は優子が現れるのを待ったが、なかなか姿を見せない。不安になってきた。

「へんだね」

「ああ……様子を見てくるか？」

啓太郎と木戸が顔を見合わせたとき、

「いやぁああ！」

女の悲鳴が聞こえた。優子の声だ。

啓太郎は立ちあがって、部屋を出る。廊下を走っていき、階段をあがる。

人の気配がする部屋の引き戸を開けると――。

真っ赤な襦袢姿の優子が布団に這わされていた。胸の上下を二段に赤いロープでくくられて、手も後ろ手に縛られている。

そして、後ろについた武井は手にした短刀を優子の首すじに押し当てて、さかんに腰を動かして、バックから優子を獣《けもの》のように犯している。

啓太郎は唖然として、凍りついた。

「それ以上近づくと、こいつで優子の頸動脈《けいどうみゃく》をかき切るぞ」

血走った目をこちらに向けて、武井は腰を振りつづける。肉と肉がぶつかるぱちん、ぱちんという音が立ち、はだけた緋襦袢からたわわな乳房がまろびでて、その真っ白な乳房が揺れ、

「うっ、うっ、うっ……」

と、優子は声を押し殺している。

(目の前で、優子が犯されている！)

止めなければ……。

だが、武井は追いつめられている。追いつめられた男は何をするかわからない。ほんとうに、優子の首をかき切るかもしれない。

動けなかった。

隣を見ると、木戸も呆然として立ち尽くしている。

ついてきた樹里も紗江子も、表情を凍りつかせている。

武井が言った。

「じつは、さっきお前たちが来る前にも、こいつをかわいがっていてな。途中でお前らが来たから、中断して縛っておいた。いいタイミングだったよ……そうら、よく見

ろ。優子はうれしがっているんだぞ。マゾだからな。優子は苦しめれば苦しめるほど、あそこを濡らして欲しがる。知ってたか？」

武井が勝ち誇ったように、啓太郎を見る。

「……違います。違うわ……信じないで！」

優子が顔をあげて、啓太郎に訴える。その黒髪はざんばらに乱れ、今にも泣きださんばかりにゆがんだ顔に張りついている。

「どうだかな？」

武井が短刀の尖っている刃先を、優子の首すじに強く押し当てて、

「さっき書いた離婚届を渡せ」

片手を伸ばしてくる。

「そんなことをしても無駄だ。お前の票の買収と脱税の証拠が残っている」

木戸が言い放った。

「うん？　それは、さっき消しただろ？」

「あんた、意外とバカだな。あんなもん、ただのコピーだよ。元は東京に厳重に管理してあるんだ。無駄なことはやめろ」

「いや、はったりかもしれん。とにかく、さっきの離婚届をよこせ。いいから」

「わかった。渡すから、優子さんを解放しろ。そうしないと渡さない」

「ダメだ。とにかく渡せ。さもないと、このまま、ブスリといく。ほんとうにやるかな」

武井が首すじに押し当てた短刀を握る指に力を込めた。

「俺が渡す」

そう言って、木戸が啓太郎の手から離婚届を取る。

そのとき啓太郎を見て、目でうなずいたので、何か方策があるのだろうと思った。

木戸がゆっくりと近づいていく。

目の前に離婚届を差し出されて、武井がそれをつかもうと左手を伸ばした。つかむ寸前に、木戸が離婚届を上にあげたので、武井の手がそれを追い、体勢が崩れた。

次の瞬間、木戸が武井の短刀を持った右手に、つかみかかるのが見えた。

木戸は飛びかかって、武井の右首を逆関節に決めた。木戸は合気道三段であることを思い出した。

呻き声とともに、短刀が手から離れた。

木戸は手首を逆関節に決めたまま、武井を畳にうつ伏せにさせ、手首を背中にねじりあげる。

それを見た啓太郎は近づいていって、優子を立たせて、武井から離した。それから、後ろ手に縛ってあるロープを解きにかかる。

その間に、樹里が落ちていた短刀を、紗江子が離婚届を拾った。

「優子さんを手放せば、買収も脱税も世に出ることはない。諦めろ。返事は？」

木戸が右手の関節を決め、馬乗りになったまま言い聞かせる。

「……わかった。離婚してやる。だから、絶対にその件は公表しないでくれ」

「そうしてやるよ。あと、ボディガードたちに追わせるんじゃないぞ。俺たちに少しでも危害があったときは、公表する。いいな？」

武井がうなずく。そんな武井の姿を、優子はじっと見ている。

手首のロープを解き終えると、優子が抱きついてきた。

胸のなかに顔を埋めて、嗚咽しだした。

「……もう、大丈夫だ。俺たちの家に帰ろう」

啓太郎が髪を撫でると、優子は静かにうなずいて、ぎゅっとしがみついてきた。

3

その日は、武井家から車で一時間ほど離れた温泉旅館に予約を取ってあった。

本来なら一刻も早くこの地を離れたいところだが、樹里と紗江子がどうせなら、秋田の温泉につかりたいと言うので、泊まることにした。

明日の朝、いちばんの飛行機で、秋田空港から羽田に向かえばいい。

木造の鄙《ひな》びた和風旅館には部屋が三つ取ってあった。

四人で温泉につかった後で、酒を呑みながら、きりたんぽ鍋の遅い夕食を摂った。

みんな一仕事終えた解放感からか、リラックスして酒を酌み交わし、地元の郷土料理を満喫している。

啓太郎の隣に座った優子も、それぞれに感謝の意を表しながら、にこやかにしている。

だが、啓太郎はその笑顔が作り笑顔で、優子が表面的に取り繕っているものであることに気づいていた。

夕食を終えて部屋に戻る。

木戸が気を利かせて、啓太郎と優子が一部屋を使うように算段してくれていた。

和室にはすでに二組の布団が敷かれてあった。

広縁に立って、窓から外の夜景を眺めている優子を、啓太郎は後ろから抱きしめた。

肌にまとわりついている温泉の匂いがして、抱き心地のいい身体がしなる。

だが、優子はうつむいたまま、じっとしている。

「どうした、うれしくないのか？」

「うれしいです。ようやく、あの男から解放されるのですから。うれしい以上に、みなさんに感謝の気持ちでいっぱいです」

「だったら、もっと明るい顔を見せてくれ」

「明るくなんてできません……」

優子がぎゅっと唇を噛んだ。

「わたしは、あなたに……大好きな人に、あんなところを見られたんですよ。不潔でしょ？　他の男にヤラれていた女なんか不潔で、愛することなんかできないでしょ？」

優子がつらそうに言う。

「確かに、あのときはショックだった……だけど、あれは武井が悪いんだ。優子さんが望んだことじゃない。俺は何とも思っていない。証拠を見せるよ」

啓太郎が右手を襟元のなかに手をすべり込ませると、

「あっ……！」

優子がびくっとして、その手を上から押さえつけてくる。

搗きたてのモチみたいに柔らかく、たわわな乳房が指にまとわりついてきた。

（ああ、これだった。この豊かな感触……）

美肌の湯とも言われる温泉につかったせいか、乳肌はいっそうすべすべで、飲酒のせいか熱いほどに火照《ほて》っている。

優子に、変わらぬ愛情を示したかった。

啓太郎は髪に顔を押しつけ、乳房を揉みしだく。頂の突起を指で転がすと、それは一気に硬くしこってきた。だが、

「ぁあああ、いけません」

優子が啓太郎の手を外そうと、もがく。

啓太郎は苛立った。

「どうして！　俺がいいと言ってるんだ」

「あなたがよくても、わたしがわたしを許せないんです」

「はい……わたしは汚れています。連れ戻されてからも、彼から逃げようとしたわ。でも、縛られて無理やりされて、わたし……そういう自分が許せないの。あなたが許せても、わたし自身が許さないの。わたしは汚れています。こんな汚れた女……」

なおも言い募る優子の正面にまわって、啓太郎は優子の口をふさぎにかかる。唇を重ねて、肢体をぎゅうと抱きしめる。

舌を押し込みながら、浴衣の前身頃をはだけて、太腿の奥をさぐる。と、そこはすでに潤んでいた。

(こんなに濡らしているじゃないか……！)

なおも、下腹部をまさぐろうとしたとき、

「いやっ……」

優子がドンッと啓太郎を突き放してきた。両手で自分の身体を抱きしめるようにして、首を左右に振っている。

啓太郎は、優子はこちらの想像する以上に、苦しんでいる。自責の念にかられているのだと感じた。

(何とかしないと……)

ある考えが頭に浮かんだ。荒療治である。しかし、このくらいしないと、優子は回復できないだろう。決意をして、

「来なさい」

優子を立たせて、袢纏《はんてん》を脱がせる。それから、部屋についている檜《ひのき》造りの風呂場へと引っ張っていく。

一緒になかに入り、戸を閉めた。

優子は、何をするの、と怯えた顔をしている。

啓太郎はシャワーヘッドをつかんで、シャワーを出す。温度を調節して、ヘッドを優子の真上に持っていった。

ノズルから分散されたお湯の雨が、いっせいに優子の真上から降り注ぎ、黒髪や浴衣を濡らしていく。

「あなたについた汚れを洗い流してやる。これで、優子さんは生まれ変わるんだ」

そう言って、シャワーを浴びせつづける。優子はとっさに顔を両手で覆い、じっとしている。

黒髪がびしょびしょになり、水滴がしたたる。浴衣もお湯を吸って肌に張りつき、肌色が透けでてきた。したたり落ちるお湯で、股間の黒い翳りまでもが浮きでている。

「きれいになっていくぞ。浴衣を脱いで」

言うと、優子は浴衣の腰紐を外して、お湯を吸った浴衣を肩から落とす。

「きれいだ。優子さんの身体はまったく汚れてなんかいない」

一糸まとわぬ裸身を抱きしめた。

それからまた、シャワーを浴びせた。肩から乳房、さらに下腹部へとヘッドをおろしていく。

と、優子はまるで自分についた汚れを拭い取ろうとでもするように、自分の手で身体を下へ下へと強くなぞり、

「ああ、落ちていくわ」

顔をあげ、恍惚《こうこつ》として言う。そのお湯に濡れた顔がヴィーナスのように美しい。

均整が取れていて、乳房も尻もむっちりとした熟れた女体が、オイルでも塗ったような光沢を放ち、そのところどころピンクに染まった肌が艶かしい。

「よし、あとはここだな」

勇んで、啓太郎は前にしゃがんだ。

台形の黒々とした陰毛が濡れて、モズクのように水滴をしたたらせている。

そこめがけて、シャワーの奔流を浴びせる。狭間に向けると、

「……あっ、あっ……」

優子が足をひろげて、手の甲を口に持っていき、喘ぎをこらえた。

「よし、俺が洗ってやる。汚いものを洗い流してやる」

そう言って、啓太郎は手指で陰唇を開いた。ぬっと現れた鮭紅色のぬめりに静かに奔流を浴びせると、

「うっ……あっ……ぁあああん」

優子の腰が少しずつくねりはじめた。

「もっとか？」

「はい……もっと奥のほうまで……奥まで洗ってください」

「よし」

啓太郎は右手の指を二本、膣に押し込み、奥のほうに溜まっているものをかきだすようにする。

と、水滴とともにどろりとした愛蜜がすくいだされて、

「ああああ、ああうぅ……恥ずかしい」

優子は言葉とは裏腹に、もっとくださいとばかりに腰をくねらせ、さらに、下腹部を突き出してくる。

「よし、完全に洗い流してやるからな」

啓太郎は指をV字にひろげて、膣口を開き、そこに、シャワーを直撃させて、奥のほうを洗う。

「どうだ、清められているか？」

「はい……清められているわ。あいつの汚れが落ちていく……。ぁああ、もう、もう……」

優子が我慢できないとでも言うように、腰をグラインドさせる。

「優子は生まれ変わった。新しい身体になった。そうだね？」

「はい、わたしは生まれ変わりました」

「もう、あいつのことは忘れたね？」

「はい……」

優子がうなずく。啓太郎はシャワーを止めて、フックにかけた。

と、優子が近づいてきて、啓太郎のずぶ濡れになった浴衣を脱がす。

そして、啓太郎に抱きついてくる。

二人は生まれた姿で、相手を抱きしめる。

啓太郎がキスをせまると、優子も唇を強く重ねながら、背中をさすってくる。

キスによってもたらされた心地よさが下半身にも及び、分身が力を漲らせた。

それを感じたのか、優子が手をおろしていき、いきりたつものを握った。ぎゅっとつかみ、情熱的にしごきながら、舌をからめてくる。

抑えていたものを一気に解き放つようなその愛撫が、優子の抱えていたものの大きさを思わせて、啓太郎も昂った。

「部屋に行こうか」

唇を離して言うと、優子は上目づかいに啓太郎を見て、うなずいた。

4

（ようやく優子を……）

布団に仰向けになった優子は恥ずかしそうに胸を手で覆い、身体をひねって太腿で恥肉を隠している。優子を抱くのは何カ月ぶりだろうか？

（美しい身体をしている……惚れ惚れする）

優子の裸身は見事に成熟していて、きめ細かい色白の肌が淡い桜色に染まっている。

不在の間、この身体が武井にもてあそばれていたのかと思うと、嫉妬とともに、独占欲のような感情がうねりあがってきた。

優子には忘れるように言っているのに、いざ抱くとなると、武井に獣のように犯されていた優子の姿が浮かんでしまう。

それを、欲望に変えた。胸を覆っているほっそりした両手をつかんで、万歳の形で頭上に押さえつけた。

「もう放さないからな。いいね？」

「……はい」

優子が目尻の切れあがった目を向けてくる。黒曜石のような瞳が涙ぐんでいる。

啓太郎は腕をあげさせたまま、乳房にしゃぶりついた。

豊満だが形のいい乳房の先にしゃぶりつき、乳房を手で揉みしだく。

セピア色とピンクを混ぜ合わせたような魅惑的な突起を舌で転がすと、

「んっ……んっ……」

優子はいつものように、びくん、びくんと身体を揺らす。

ふと顔をあげると、優子は自由になったはずの両手を頭上で繋いでいる。右手の指で左の乳首をしっかり握って、手をおろそうとしない。

それを見て、ピンと来るものがあった。

（そうか……やはり、優子さんは拘束されているほうが、居心地がいいんだな）

脳裏に、鴨居に縛られていた写真が浮かんだ。

啓太郎は思い切って、訊いた。

「優子さんは、もしかしてMなのか？」

優子が「えっ」という顔で啓太郎を見あげた。

「いいんだ。ほんとうのことを言ってくれ。ここまで来たんだ。隠し事はしないでほしい。それに、俺はあなたのすべてを受け入れられる。MならMでいいんだ。俺はMの女は嫌いじゃない。むしろ、好きなんだ。だから、真実を言ってくれ。優子さんはMなのか？」

優子はしばらく無言で顔をそむけていたが、やがて、

「M……かもしれません」

ぽつりと言って、不安そうに啓太郎を見あげてくる。

「そうか……よく言ってくれた。いいんだ。よし、待ってなさい」

啓太郎は立ちあがり、浴衣をおさめたボックスに入っていた予備の腰紐を持ってきた。

寝床に座っている優子の両手を前に出させ、手首が合わさったところに腰紐をぐる

ぐる巻く。解けないように、最後にぎゅっと結んだ。

締めたときに、優子は「あっ」とか細く喘ぎ、それから、啓太郎を見あげた。その目がぼうとして、潤んでいる。

啓太郎は強い欲望に駆られた。

「これを、しゃぶってくれないか？」

思い切って言う。

と、優子はひとつにくくられた手で、啓太郎のイチモツをつかんだ。

半勃起状態のそれを、下から両手を開いて捧げ持つようにし、ゆったりとしごいた。チューリップの形に開いた手で屹立を擦られて、それがぐんと頭を擡げてくる。

優子は赤い舌を出して、亀頭部を繊細に舐めてくる。

ちろちろと舌を遊ばせながら、時々、ちらりと啓太郎を見あげてくる。

恥ずかしそうに目を伏せ、また亀頭部を舐めてくる。唇をかぶせて、手を離した。手を使えないのだから、きっと大変だろう。だが、優子は屹立を頬張って、ずりゅっ、ずりゅっと大きく唇をすべらせる。

ぷにっとした唇がなめらかにからみつき、うねりあがる快美感に、啓太郎は唸る。

優子がいったん口を離して、ひとつにくくられた両手を頭の後ろにあげた。

頭の後ろに両手を添えた状態で、ふたたび咥えてくる。ゆったりと顔を打ち振りながら、啓太郎を見あげてくる。その顔がとても幸せそうに見えた。

霞《かすみ》のかかったような黒い瞳を向けながら、勃起に唇をすべらせる。腰紐でくくられた両手を頭の後ろに添えて、腋の下をさらした無防備な格好で、献身的に肉棹をしゃぶってくる。

その姿に、啓太郎は、男が女に尽くされることの悦びを感じた。至福感が込みあげてきて、髪を撫でた。黒髪をさすっていると、優子がストロークをやめて、まっすぐに見あげてきた。

その熱に浮かされたような目が何かを訴えている。何をだ？

（そうか、こうしてほしいんだな）

啓太郎は意を汲んで、ゆっくりと腰を振る。優子の後頭部をつかみ、肉棹を口腔に行き来させる。

と、優子はうれしそうに啓太郎を見あげてくる。

連れ去られた数カ月前より、髪が長く伸びていた。その柔らかくウエーブした黒髪が顔をなかば隠し、そこからのぞくくっきりとした目がどこかとろんとしている。

(やはり、こういうのが好きなんだな。優子の性《さが》はよくわかった。これから、もっとかわいがってやるからな)

啓太郎は慎重に腰を振って、屹立を押し込んでいく。

唇をOの字に開いて、行き来する肉棹に唇をからみつかせ、すっきりとした眉をハの字に折り曲げている優子——。

(苦しいのか？　いや、気持ちいいんだな。うっとりしてるんだな)

仁王《におう》立ちした啓太郎の前に、優子は膝を揃えて座り、腰をあげている。あらわになった乳房の先が痛ましいほどに尖っている。ほどよくくびれたウエストから豊かな尻が突き出している。

啓太郎は徐々に腰振りを大きく速くしていった。

ジュブッ、ジュブッと肉棹が優子の口腔を深くうがち、切っ先で喉を突かれて苦しいのだろう、優子は今にも泣きださんばかりに顔をしかめている。

「つらいんだったら、やめるぞ」

不安になって訊く。

だが、優子はかるく首を左右に振って、それを否定する。

「よし、いいんだな」

啓太郎はさらに深いところに、分身を押し込んでいく。後頭部をつかみ寄せて、腰を突き出していくと、それが口腔をうがち、

「うっ……うっ……」

苦しげに眉根を寄せて、優子が呻く。

「つづけていいのか？」

心配になって訊くと、優子はけなげにもうなずく。

啓太郎はたてつづけに深いところに切っ先を送り込んだ。

優子はつらそうに顔をゆがめながらも、決して、吐き出そうとはせずに、頬張りつづけている。

「ああ、優子……優子！　おおぅ！」

吼えながら腰を振りたくると、切っ先が喉を突いて、

「うぐ……！」

優子は凄絶な声を洩らして、後ろに飛びすさり、ぐふっ、ぐふっと噎《む》せる。

「大丈夫か？」

心配になって訊いた。

「はい……」

優子はうなずくものの、こちらを見る目にうっすらと涙の膜がかかっている。

「やめようか？」

「いいえ、つづけてください。わたしがどんなに苦しそうでも、ほんとうはつらくはないんです。だから、つづけて」

くくられた両手を前に置いて、優子が訴えてくる。

「入れるぞ」

「はい……」

仰向けになった優子の膝をすくいあげた。

むっちりとした太腿の間に、漆黒の翳りが渦巻き、その途切れるところに蘭の花に似た雌芯が息づいていた。ぷっくりとした肉厚の陰唇が波打ちながら合わさり、わずかに下のほうがほどけ、赤いぬめりがのぞいている。

(おお、これだった！)

狭間がしとどに濡れて、会陰部にかけて蜜がしたたり落ちている。

さらにぐっと足を開かせると、雌花が開いて、赤い薔薇《ばら》が咲き誇った。

うごめいている。全体が啓太郎のイチモツを欲しがって、微妙に蠕動《ぜんどう》している。

(ああ、優子……！　好きだ！　おまえは俺のものだ)

心のなかで叫んで、屹立を押し当てた。

亀裂の底に狙いをつけて、慎重に腰を進める。と、切っ先が狭いとば口を押し広げていき、

「くっ……！」

優子が歯を食いしばった。

そのまま、ズンッと突き入れた。歓喜で反り返った肉の刀が、とろとろの肉路をこじ開けていき、根元まで埋まり込み、

「ぁあああぁぁ……！」

優子が顎をせりあげた。

ひとつにくくられた両手を頭上にあげ、腋の下や乳房をさらした姿で、のけぞり返っている。

「くうぅぅ」

と、啓太郎も奥歯を噛みしめた。

気持ち良すぎた。まったりとして熱く滾った優子の体内が、ざわめきながら肉棹を包み込んでくる。

まだ何もしていないのに、粘膜がウエーブでも起こしたように次々とうねりを起こ

し、イチモツにからみついてくる。

危うく射精しそうになり、啓太郎は動けない。じっとしていると、肉襞がきゅい、きゅいっと分身を奥へと手繰《たぐ》り寄せようとする。

奥へ奥へと引っ張られていく。

入口も同じリズムで締まって、根元を食いしめてくる。

「くうぅ……！」

啓太郎はのけぞる。少しでも動いたら、あっと言う間に洩らしてしまいそうだ。

「啓太郎さん、抱いてください」

優子が哀切な表情で訴えてくる。

名前を呼ばれたのは、初めてだった。優子が自分を「大家さん」とではなく、下の名前で呼んでくれた。そのことが、啓太郎にはうれしい。

膝を離して、重なっていく。

両手を頭上にあげた無防備な格好の優子を抱きしめた。汗ばんできた裸身を抱きながら、腰をゆるやかにつかう。

「あっ、あっ、ぁあああ……」

優子は心底感じている声をあげ、顔をのけぞらせる。

啓太郎は耳元で囁く。

「ずっとこうしたかった。優子さんを抱きたかった。優子さんに抱きしめられたかった」

「ああ、わたしも。啓太郎さんに抱きしめられたかった。武井にひどいことをされたわ。でも、あなたがいたから耐えられた。あなたのことを思って、耐えていたのよ」

優子の真摯《しんし》な言葉が、胸を打った。

「そうか……一緒になろう。離婚が正式に決まったら、プロポーズする。いいか？」

優子がうなずいた。

啓太郎は上体を起こし、優子のひとつにくくられた腕を上から押さえつけた。

そして、前屈みになって体重を乗せ、徐々に打ち込みを強くしていく。ギンと力を漲らせたイチモツが熱く滾った肉路を突き、

「あんっ、あんっ、あんっ……」

優子は甲高い喘ぎをスタッカートさせて、顔をのけぞらせる。

仄白い喉元をさらして、見事な乳房をぶるん、ぶるんと縦に揺らし、やがて、どうしていいのかわからないとでも言うように首を左右に振った。

黒髪が躍り、乱れた髪からのぞく優子の表情がさしせまってきた。

啓太郎は腰を叩きつけながら、乳房にしゃぶりつく。

乳首が強い性感帯であることはわかっている。背中を丸めて、セピア色にぬめる乳暈ごと乳首を頬張る。チューッと吸い、吐き出す。

唾液でぬめる突起を舌であやした。上下左右に弾きながら、腰をつかう。

「ぁああ、ぁあああぁぁぁぁ！」

優子の洩らす声が一オクターブ高くなった。

両手をひとつにくくられ、膣を満たされ、乳首をあやされて、もう何が何だかわからない状態にまで高まっているのだろう。

啓太郎は乳暈に歯を当てて、ぎりっと噛んだ。

「くっ……！」

優子の顔が撥ねあがった。真っ白な歯列をギリギリ言わせて、痛みに耐えている。

吐き出して、今度はやさしく乳首を舐める。たっぷりの唾液を塗りつけると、それが感じるのか、優子は自ら足を踏ん張って、下腹部を擦りつけ、

「ぁあああ、啓太郎さん、イッちゃう。わたし、イキます」

切々と訴えてくる。

蕩けたような肉襞がぐいぐいと肉棹を締めつけてくる。啓太郎ももう長くは持ちそうにもなかった。

顔をあげて、乳房を鷲づかみにした。量感あふれる肉の塊を揉みしだき、腰を叩きつけた。

「あん、あんっ、ぁあんっ……ぁあああ、来るわ、来る……来るの！」

「そうら、イケよ。いいんだぞ。俺も、俺も……」

啓太郎は最後の力を振り絞って、分身を叩き込む。

優子が足をM字に開いたので、挿入が深くなった。上反りした硬直が膣の天井を擦りあげながら、奥へと届く。

扁桃腺のようなふくらみが、まったりとからみついてきて、ぐっと性感が高まった。

啓太郎は優子の両腕を上から押さえつけた。これが優子のもっとも感じる体位なのだという気がした。唸りながら腰をつかう。

下腹部が熱くなっている。そろそろ射精するのだろう。

啓太郎も見えてきた頂上に向かって、必死に腰を動かす。

「ああぁ、ぁあああ、ぁああああ……」

優子はもう譫言《うわごと》のように声をあげて、顔をゆるやかに左右に振っている。

長い髪がシーツに扇状に散り、ほつれ毛が頬にまとわりついている。繊細な顎が突きあがり、ほっそりした首すじが引き攣っている。

「優子、イクぞ。出すぞ」

啓太郎はスパートした。甘い愉悦のかたまりが急速にひろがってきた。

つづけざまに打ち込んだ。

「あん、あんっ、ぁあんっ……ぁあああ、イク、イク、イッちゃう！」

優子がさしせまった声をあげて、顎をせりあげた。

「おおぅ、優子！」

啓太郎はなおも連続して打ち込む。

「あんっ、あんっ……イクぅ……やぁあああああああぁぁぁ、はうっ！」

優子がのけぞりかえった。ひとつに縛られた両腕を頭上にあげて、腋の下をさらしたまま、ぐーんと身体を弓なりに反らした。

止《とど》めとばかりに打ち込んだとき、啓太郎も放っていた。

「おっ、あっ……」

熱いマグマがしぶき、その快感が下腹部を満たした。あまりに気持ち良すぎて、どこか異次元に連れ去られていくようだ。

いったんおさまったかに思えた放出がまたはじまり、すべてを打ち尽くしたときには体中のネエルギーを使い果たしたようで、啓太郎はがっくりとなって、覆いかぶさっていく。

ぜいぜいとした息づかいがちっともおさまらない。

優子はいまだエクスタシーの余韻がおさまらないのか、時々、びくっと痙攣する。

ようやく息のととのった啓太郎が、優子の手の拘束を解こうとすると、

「しばらく、このままでいたいわ」

そう言って、優子は両腕で作った輪を啓太郎にかけるようにして、ぎゅっと抱きついてきた。

「わかった。しばらくこのままでいよう」

啓太郎は体重がかかりすぎないように腕で体を支えながら、優子と肌を合わせている。

しばらくすると、優子がしみじみと言った。

「明日には、『ファミリーハウス』に戻れるんですね」

「ああ、朝一番の飛行機で帰ろう」

「……紗江子さん、ちゃんと食事作っていました？」

「いや……まあね」

「明日からはわたしがちゃんと作りますね」

「ああ、やはりうちの食事は優子さんが作らないとね。これでまた、あの生活に戻れる。優子さんが俺の妻で、樹里ちゃんが娘だ。紗江子さんは……」

「ふふ、彼女はわたしの妹ね。家族が欲しかったの、うれしいわ」

優子がぎゅっとしがみついてきた。

啓太郎も優子の身体を抱きしめる。と、膣におさまっていた分身がまた力を漲らせてきた。

「おっ、またできそうだ」

「いいですよ。今夜は一晩中しましょ」

そう言って、優子が艶然と微笑む。

啓太郎が乳房をつかむと、「ぁあああ」と声をあげて、優子がのけぞりながら下腹部を押しつけてきた。

「優子さんに逢えてよかった」

耳元で囁き、啓太郎はゆっくりと腰をつかいはじめた。


（了）

＊本作品はフィクションです。作品内に登場する人名、地名、団体名等は実在のものとは関係ありません。

長編小説
蜜楽《みつらく》ハーレムハウス
霧原一輝《きりはらかずき》
2018年3月5日　初版第一刷発行

ブックデザイン…………………… 橋元浩明(sowhat.Inc.)

発行人…………………………………………後藤明信
発行所…………………………………株式会社竹書房
〒102-0072　東京都千代田区飯田橋2－7－3
電話　03-3264-1576（代表）
03-3234-6301（編集）
http://www.takeshobo.co.jp
印刷・製本…………………………凸版印刷株式会社

ISBN978-4-8019-1390-5　C0193